【急募】捨てられてたドラゴン拾った【飼い方】
Illustration　とぴあ

【急募】
捨てられてた
ドラゴン拾った
飼い方

Contents

【第1章】外見がトカゲなドラゴン拾った……008
【第2章】ドラゴン拾ってからの日常……042
【第3章】なんか知らんが喧嘩売られた……079
【第4章】ギルドに会員登録して、人助けに繋がった話……128

【第5章】友達や知り合いって大切にしなきゃだな、と感じた話……181
【第6章】なんかトラブルに巻き込まれた件……207
【書き下ろし】他人の金で食べる焼肉は至高の味……290
あとがき……311

【第1章】外見がトカゲなドラゴン拾った

1

その日、道路の片隅に捨てられていたコンビニのビニール袋を見つけた。

別にポイ捨てなんて、珍しいことじゃない。

地域のボランティアの人達が、清掃してくれるだろう。

わざわざ、俺が自分の家に持って帰って捨てる気力とかは無く。

そして、そこまで人がいいわけでもない俺が、そのビニール袋に近づいたのは、口を縛られ、本来はゴミしか入っていないはずのそれがゴソゴソと動いていたからだ。

この件に関して、隣の家の婆さんからある話を聞いていた俺は、まさかな、と思いながらビニール袋の口を開いた。

つぶらな瞳が、俺のことを見上げてきた。

「きゃうっ!」

俺を見ながら、それは、一声鳴いた。

「猫じゃなかった」

隣家の婆さんに先日聞いた話は、ゴミ捨て場で子猫の声がするので興味本位でその姿を探したら、なんと生きたまま生ゴミとして捨てられていた、というものだった。

飼うほどの責任は負えるかというと、正直自信はない。

でも見過ごすほど冷徹でもない俺は、その話を思い出し、こうして理不尽に前の飼い主が捨てたらしい、その生き物を助けることができた。

しかし、それは子猫なんぞという可愛らしいものではなく、爬虫類——トカゲだった。

学生ではあったものの、トカゲだったら昔金魚を飼っていた時に使っていた水槽で面倒を見られるかなと思ったのだ。

「えー、トカゲ？　こういう場合、ふつう猫とか犬でしょ」

帰宅し我が家を支配する魔王(ボス)たる母上殿に、一応話を通すとそんなことを言われてしまった。

「でも、蛇じゃない？

足ないじゃないのよ」

「ここにあるよ、ほら」

「きゃううるるぅ！」

俺は言いながら、ビニール袋から拾ったトカゲを取り出して腹を母に見せた。

そこには申し訳程度に足が前後合わせて四つ、くっついていた。

どうでもいいけど、トカゲって鳴くんだな。

「毒持ちじゃないの？」

母はトカゲが鳴くことは特に気にせずに、そう疑問を口にした。

「軽く調べたけど、この種類は毒持ってないって」

「でも、トカゲの餌ってたしか虫でしょう？

誰が餌やると思ってるの？」

「俺だけど。

でも、野菜とかでも良いみたいだし、もし何らかの事情で俺が餌やりできなかったら、母さんに頼むかもだけど、そしたら野菜あげればいいだけだし」

そんな緩いやり取りのあと、我が家のペットとしての先輩である三毛猫、ポンにじゃれ殺されてしまわないよう、俺は急いでネットの情報を参考に、保護したトカゲ――ゴンスケの住処を用意したのだった。

その翌日。

ゴンスケ氏、脱走を試みてポンの口の中でぐったりしている所を祖父に発見される。

その祖父にあやうく丸焼きにされる所で、俺が保護した。

「じいちゃん、コレは俺のペットだから食べないでくれよ」

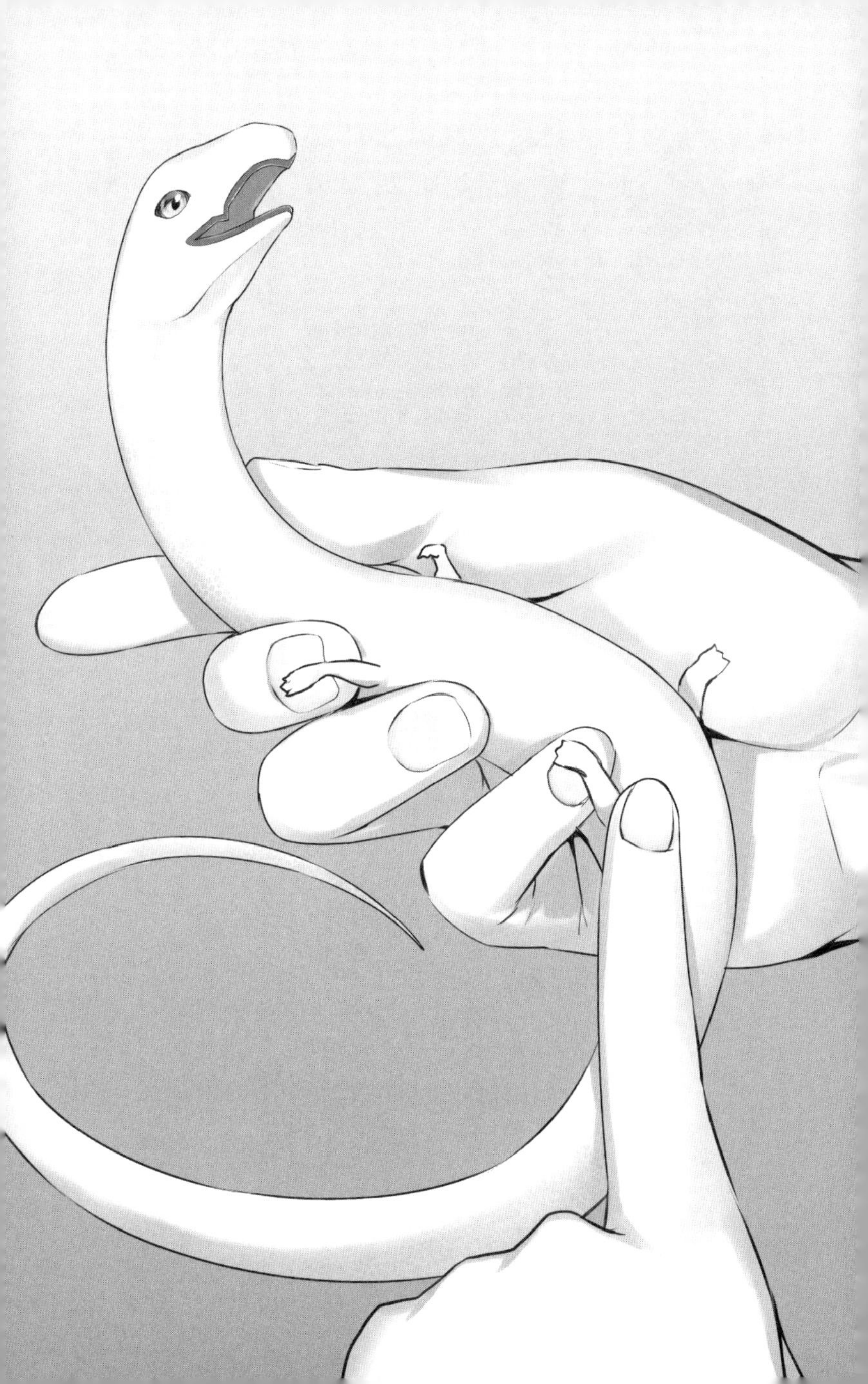

「ぎゃうるるるる〜」

ゴンスケは、俺の手の中で力のない鳴き声を漏らす。

うちの祖父は亜人と人間のハーフである。

ちなみに、亜人の血が勝ったのか立派なオークである。

そんなオークの祖父とオーガの祖母の間に生まれたのが、どこからどう見ても人間な、そして十人並な容姿の父である。

ちなみに、その父の嫁であり我が家の魔王たる母には嘘かホントか天使の血が流れてるらしい。

母方の祖母が天使で、祖父は魔族らしい。

らしい、というのは俺はその母方の祖父母に会ったことがないからだ。

母曰く、禁断の恋で駆け落ちした祖父母はその後、母をもうけ、その母には厳格な教育を施していたらしいが、父と出会って恋に落ちた。しかし母は結婚を反対されたため、それまでの鬱屈した諸々の生活のこともあり、父と駆け落ちしたのだ。

遺伝の神秘だよね。

その後、なんやかんやあって父方の祖父母と同居するに至ったらしい。

絶縁状態なのか、それとも母方の祖父母はすでに亡くなっているのかわからないが、とにかく現在交流は無いのである。

ちなみに、そんな混血しまくっている俺だが、十人並な父の血が濃かったらしい。

平々凡々な容姿の人間である。

「なんだ、おやつかと思った」

百歩譲って、ポンのおやつなのはわかるが、飼い猫のおやつを横取りするなよ。

「ちゃんと名前書いとけ」

いや、小学生の持ち物じゃないんだから。

そうしてゴンスケの様子を確かめる。

意外なことに怪我はしていないようだ。

足元にきたポンが、憎らしいくらい誇らしげに俺を見つめてくる。

脱走兵を捕まえてやったぜ、ほら褒めろ。

今すぐ褒めろ。

なんなら、モフらせてやるぞと言いたげである。

仕方ないので、今日は久しぶりに捨てる歯ブラシでブラッシングである。

とりあえず、ゴンスケ氏は水槽で安静にさせて、様子見だ。

怪我はないし、単に疲れてるように見えるし、何より近所の動物病院が午後からしか今日は開いていないのだ。

しかし、心配は要らなかったようだ。

数分後には水槽の中で元気に動き始めた。

と、ポンを構っている俺をゴンスケ氏は水槽越しに見つめてくる。

そして、何をするかと思えば、水槽の側面に張り付いてヨタヨタと、空気穴以外はぴっちりと閉まっている天井――蓋の手前までよじ登る。

何をするのかと俺が見ている先で、ゴンスケ氏はその尻尾を人間の手に変化させて内側から蓋をこじ開けたのだった。

いや、こじ開けたと言うと語弊がある。

押し開けたのだ。

なるほど、お前こうやって脱走したのか。器用だな。

というか、最近のトカゲって魔法使えるのかすげぇなぁ。

品種改良とかそんなんで使える奴がいるんだな。

俺が感心していると、水槽から顔を出してゴンスケ氏はこちらを凝視してきた。

すぐ逃げるかと思ったが、そんな素振りがない。

ポンを警戒しているのだろうか？

と、そのポンが気だるそうに、もう歳なのでしゃがれた声でみゃーと鳴くと、恐る恐るという感じで、ゴンスケがこちらに近づいてきた。

猫の言葉がわかるのだろうか？

また、ポンが鳴いた。

すると、ポンの頭に器用に乗って動きを止めた。

「きゃうっ！」

また鳴いた。

そして、ちらり、とゴンスケ氏は俺を見た。

しかし、それは一瞬で、ゴンスケ氏はポンの頭の上で寝始めたのだった。

「なんなんだ？」

2

ゴンスケを拾い、飼い始めて数日後のことだ。

携帯で動画を観てケラケラと、まぁお世辞にも上品とは言えない笑い方で笑っていた俺に、祖母が声をかけてきた。

「テツ坊、これ貰ったよ」

「ん？」

見れば、祖母の財布の中に蛇の抜け殻のようなものが入っている。

「アンタの蛇が脱皮したから、ほら、蛇の抜け殻って金運が上がるって言うし、また脱皮したら頂戴」

蛇じゃなくてトカゲなんだが、まぁいいか。

「わかった」

それにしても、ゴンスケはあんな捨てられ方をしていたのに、かなり人慣れと、そして猫慣れしている。

そして、懐いているようだ。

犬猫と違ってトカゲは人に慣れることはあっても懐くことはないと、ネットに書いてあったが、なんというか懐いてるように感じてしまう。

どうでもいいことだが、テツとは俺の事だ。

テサウルスというのが本名だ。

役所へもテサウルスで届けてある。

まぁ、言い難(にく)いからかよくわからんが大人達はテツ坊、友人知人からはテツと呼ばれている。

ちなみに、その抜け殻の生産者であるゴンスケは俺の頭の上で誇らしげである。

脱皮したら少し大きくなった。

と言っても、まだまだ掌サイズではあるが。

頭の上は見えないだろって？

オーガである祖母の手入れの行き届いてピカピカな二本角が鏡の役割をしているので、そこに映っているのだ。

祖母が、優しく俺の頭に鎮座しているゴンスケを撫でる。

角に映るゴンスケは嬉しそうだ。

「くぅるるるぅ」

甘えるような鳴き声を出す。

「おや、背中に変なコブがあるね」

祖母が撫でていた手を引っ込めてそんなことを呟いた。

気持ち良さげに撫でられていたゴンスケは、物足りなそうな顔をして祖母を見返す。

そういや、こいつたまに、俺の携帯端末で動画再生してるんだよな。

しかも、ちゃんと観てるし。

かしこいトカゲだよなぁ。

俺は頭からゴンスケをひっぺがし、その背中を見た。

たしかに、ラクダのコブか、ドラゴンの背びれのようなボコボコとした物がいくつも出来ている。

「頭にも、これ角じゃない？」

祖母がさらに指摘した。

そこには、たしかに変形した角のような尖った部分があった。

「ホントだ。

最近のペット用の生き物って品種改良が進んでるらしいから、大きくなるとビジュアルがドラゴンっぽくなるのかも」

自分で言ってて、俺は少し楽しくなってきた。

ドラゴンなんて、高くて手が出せない。

あんなのを飼えるのは、金持ちだけである。

品種にもよるが、ほぼ飼い主がステータス目的で飼うのが普通だ。

世の中には龍人族という種族もいるが、アレだ人間と猿的な関係だ。

龍人族や森人族(ハイエルフ)はその名の通り亜人であり、どちらも魔力も知能も人よりも上の存在だ。

勝ち組種族というやつである。

大企業の社員や高学歴の、まぁつまりはエリートや金持ちに多い種族である。

もちろん、上流階級には人間種族もいる。

龍人族や森人族は意識高い系にも多かったりする。

そして、そんな上流階級の者達のペットになってるのが品種改良されたドラゴンだ。

一部のペットショップで犬猫と同じように、卵から孵(かえ)ったばかりの子ドラゴン、雛が売られているのである。

値段は、まぁ、高い。

最低価格で最新の耕運機が二台ほど買える値段だ。

耕運機だと、農家じゃないとわからないか。

高級外車二台分くらいだ。

育てるのも、詳しくは知らないが難しいらしいとは聞いた。

爬虫類は脱皮だが、ドラゴンの場合は脱皮ではなく進化と呼ばれる。

ペット用のドラゴンは、品種にもよるが小型のものから大型まで色々いるらしい。

しかし、一般、どころか下流階級である我が家ではそもそもペットを店で買うなんてできない。

今いるポンは、我が家の農作業小屋に居着いた野良猫が産み落とした一匹である。

かなり人懐っこい性格で、母が気に入ってしまい気づいたら首輪を付けられ我が家のお猫様として君臨していた。

ちなみに、ポンの餌代は父の小遣いを削ることで捻出している。

ポンのために、父はタバコと酒をやめた。

「品種改良、ねぇ。あんまり良いイメージはないけど。

まぁ、飼うなら最後まで責任持ちな」

と、祖母。

「わかってるよ」

ちなみに、ゴンスケの餌代は俺の小遣いから出ている。

でもコイツ、トカゲのクセに虫を全然食べないのだ。

目を離すと、焼き魚とか生肉を食べる。

昨日、母にその盗み食いが見つかって叱られ、しばらくしょんぼりしていた。

「間違っても、ゴミと一緒に捨てるんじゃないよ」

「わかってるって」

祖母がこんなにしつこく言う理由はわかっている。

あの子猫の話があったからだ。

むしろ、ゴミとして捨てられていたから拾ったのだ。

それに、ゴンスケが脱皮で格好よくなるならとても楽しみだ。


そう思っていた時期が俺にもありました。

3

何度か脱皮を繰り返したゴンスケは、なんということでしょう。

大型犬並にデカくなってしまったのでした。

そのビジュアルはといえば、二本の角に背中には棘のようなデコボコ。大型犬サイズのドラゴンと言われても信じてしまう。

手足も陸亀のようにしっかりしている。

今までの水槽では飼えないので、ポンのように家の中で自由に行動させている。

ちなみにトイレは、猫用のところでしているのを父が目撃した。

そう、教える前に覚えたのだ。

案外、ポンが教えたのかもしれない。

とある休日。母がこう言ってきた。

「散歩に連れてった方がいいんじゃない?」

「たしかに」

俺は母の言葉にうなずいた。

芸達者なゴンスケは、勝手にひとり遊びをして楽しんでいるが、ここまで大きくなると外に連れ出して体を動かした方がいいと考えたためだ。

「ほら、犬用だけど首輪とリード買っといたから」

さすが我が家の魔王。準備が良い。

母に首輪とリードを付けてもらうと、リードを引きずりながらのっそのっそと自ら玄関に向かうゴンスケ。

そして、玄関の扉の前で俺が来るのを待っている。

うーん、やっぱり頭いいなコイツ。
家を出る。
コンビニまで自転車で片道二十分。
一番近いバス停までは片道十分。
あとは、小さな村々が集落を形成する。
その集落以外には長閑（のどか）な田園風景が広がる。
ここは、そんなどこにでもある田舎だ。
時間はまだ午前。
春ということもあって、過ごしやすい季節だからか。
別の集落から犬の散歩に来ているオーガの爺さんと農道ですれ違った。
トカゲの散歩がやはり珍しいのか、声をかけてきた。
「でっかい亀だなぁ!!」
甲羅が無いのに亀と来たか。
「トカゲです」
「いくらしたんだ!?」
「いや、捨てられてたのを拾ったんです。
そしたらこんなにデカくなっちゃって」

俺の言葉を聞きつつ、爺さんはゴンスケを見る。

「あー、たしかに祭りの夜店で買った亀をこの辺に捨てる奴多いもんな！」

「……そうですね」

たしかに、田んぼに亀は多い。

そして、デカい。

捨てるのもそうだが、たまに飼われている亀が脱走するというのも聞いたことがある。

それが野生化しているとか。

たまに田んぼにいる奴を捕まえて飼う奴もいたりする。

外来種らしく、最近規制が厳しくなり業者が棄てるという噂も聞く。

爺さんの連れているワンコにゴンスケは興味津々だ。

食べたりしないよな？

俺は不安になったが、そもそもポンを食べていないので少なくとも生き物は食べないのだろうと考え直す。

あ、犬を見るの初めてだからか。

ワンコはワンコで、ゴンスケのことを警戒しているようだ。

ワンコ、唸り始めたし、さっさと散歩終わらせるか。

俺は適当に爺さんとの会話を終わらせると、ゴンスケの散歩を再開した。

のっそのっそと、マイペースにゴンスケは歩く。

と、時計代わりに持ち歩いている携帯端末が震えた。

そこには、ただ呟くことを目的としたＳＮＳの、フォロワーが呟いたお知らせが表示されていた。

「……不便はないんだよなぁ」

義務化こそされていないが、俺みたいな高校生前後の世代から下の世代は生まれた時に脳みそへ特殊な術式を埋め込んで、それまでは一部の冒険者にしか見えていなかった自身のステータス、その項目と数値が可視化されるようになった。

どうして、そんな機能が昔からあるのかは謎である。

しかし、このステータス可視化は、持病のある人にとって利点である。

たとえば、所持品の確認をしなくても適切に治療できる。

俺より上の世代では、持病のある者はほとんどこの処置を施しているらしい。

その背景から、持病のない者には、いまだにこの処置に対して偏見があるとか。

ちなみに、俺は処置されていない。

義務でなかったというのもそうだが、このステータスの可視化はもう一つ、機能が付与されている。

それが、任意ではあるがインターネットへの接続機能である。

この二つの機能は大人の事情でセットになっている。

とりあえず、俺は持病が無かったし、インターネットは早すぎるという理由でこの処置はされていない。

されていないと、学校ではかなり浮く。

流行りのゲーム機などを買ってもらえないと、仲間外れにされるとか遅れるという理論だ。

仲間外れこそなかったが、たしかに小学校、中学校では一部の同級生達の話に付いていけず肩身が狭かった。

いま思えば、明らかにハブにされていたと思われることも多々あった。

だが、それで仲間外れにしてくる奴らはだいたい把握出来た。

そもそも、この処置の有無の良いところは、されている場合は任意で個人情報を提示出来るということと、もう一つ、処置されていない者のステータスはどうあってもわからないというものだ。

どんな能力値なのか？

名前、体力、知力、取得技能などがまるでわからない。

個人情報をばら撒くことが出来ないとも言える。

たとえば、一部の人が取得、あるいは購入できる技能に【鑑定】というものがあるが、これを以てしてもわかるのはせいぜい、種族と性別だけである。

名前も、能力値もわからない。

わざわざ、対抗策を練る必要が無いのだ。

農道が公道へと合流する交差点。

まばらではあるが、それなりに車の通りがあるそこをUターンする。

と、ピタっと、ゴンスケが動かなくなった。

「疲れたか？」

俺が聞くと、俺の方へ向き直りたまにポンが甘えて来る時にするように頭を俺の腹へグリグリと押し付けてきた。

角が当たって痛い。

「抱っこは出来ねーぞ」

何しろ大型犬のデカさだ。

俺が言うと、相変わらずつぶらな瞳を向けてくる。

そこには不満がやどっていた。

「せめて、手の平サイズならなぁ」

俺が言った時、自転車（チャリ）が他の集落からこちらに向かってくるのが見えた。

「あ、テツじゃん」

ききぃっと、錆び付いたような、それともただ古いからなのかそんな金属音を響かせて自転車は止まった。

それは高校は違うものの、生まれた病院から始まり、保育園、小学校中学校と同級生だったダークエルフの男である。

「ん、久しぶり」

俺は適当にそう返して、いまだに俺の腹に風穴を開ける気かもしれないゴンスケに向き直る。

「うわ、すげぇドラゴンじゃん！

お前んとこの婆ちゃん山で捕ってきたの？」

「ドラゴンじゃねーよ、トカゲだよ」

「いや、ドラゴンだろ。

ステータスの種族のところにドラゴンって書いてあるぞ」

コイツ——ダークエルフのマサは処置をしているのでステータスが見えるのだ。

「それも、レア中のレア。ラノべとかだとSが沢山つく系。

現実だと星五つくらいつくレアな神龍だぞ」

「……マジ？」

俺はゴンスケを無理やり引き剝がして、マジマジと見る。

ゴンスケは、『お、やっと抱っこしてくれる気になったか』と期待に満ちた目で俺を見返してきた。

マサが続けた。

「まじまじ。あと雌だぞそいつ。なんだよ、ゴンスケって。なに雄の名前つけてんの？」

【急募】捨てられてたドラゴン拾った【飼い方】part1

---

1 **ペットの名もなき奴隷さん**

というわけで、飼い方教えてください

---

2 **ペットの名もなき奴隷さん**

```
今だ！　2ゲットォォォォ!!
￣￣￣∨￣￣￣￣￣￣￣￣￣

      ∩ ∩
   ～| ∪ |             (´ ´
   ヘ丿  丿           (´⌒(´
  ((つ  ノ⊃≡≡≡(´⌒;;;≡≡≡
  ￣￣￣(´⌒(´⌒;;

       ∧∧                  (´ ;;
     (°Д° ,) ⌒ヽ       (´⌒(´
       U - U^(,,⊃' ～ … (´⌒(´⌒;;

   ポ    ∧∧    ポ
   ン  (°Д° ,) .  ン
     (´ ;) U,U ) ～ (;;).
(´) ～ (⌒;;UU (´ )… ～⌒(`)
```

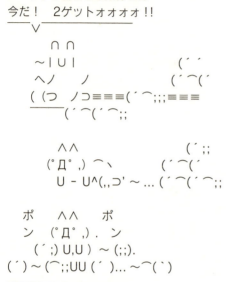

3 **ペットの名もなき奴隷さん**

おおう
ドラゴンか

---

4 **ペットの名もなき奴隷さん**

とりま、動物病院行って寄生虫とか健康状態とか診てもらえ
話はそれからだ
というか、飼い方は動物病院やペットショップに行って聞いた方が早い

---

5 **ペットの名もなき奴隷さん**
とりま、スレ主はコテハンな

6 **ペットの名もなき奴隷さん**
とうとうドラゴンまで捨てられる時代になったのか
世も末だな

7 **ペットの名もなき奴隷さん**
命を育てるなら最後まで面倒見なきゃ

8 **ペットの名もなき奴隷さん**
ドラゴンってことは、スレ主金持ちだな！
（確信）

9 **ペットの名もなき奴隷さん**
＞＞8
いや、金持ちは拾わんだろ
買うだろ

10 **ペットの名もなき奴隷さん**
でも、ここにドラゴン飼ってるやつなんかいるか？

11 **ペットの名もなき奴隷さん**
オオトカゲ系なら自分飼ってるよー

12 **ペットの名もなき奴隷さん**
この前、スライム散歩させてる奴なら見たぞ

13 **ペットの名もなき奴隷さん**
あー、最近魔物系のペットの需要も増えてるみたいだしなぁ
スライムは増えてる

14 **ペットの名もなき奴隷さん**

スライムは、カラーリング出来るからなぁ
従順だし
大人しいし

---

15 **ペットの名もなき奴隷さん**
金持ちのステータスらしいからな、ドラゴン飼ってるかどうかって

---

16 **ペットの名もなき奴隷さん**
勝ち組の金持ち連中がこんなところ見てるとも思えないしなぁ

---

17 **ペットの名もなき奴隷さん**
いやいやいや
そもそもペットをペットショップで、買ってる時点で金持ちだろ
万単位じゃん

---

18 **ペットの名もなき奴隷さん**
俺の手取り１ヶ月分の子犬見た時の俺の気持ちがわかってたまるか

---

19 **ペットの名もなき奴隷さん**
＞＞18
まぁ、命を売るお店ですしおすし

---

20 **ペットの名もなき奴隷さん**
安全面やら諸々考えると売られてるやつ買った方が安心だからな

---

21 **ドラゴン拾った人**
書き込み早い早い((((；゜Д゜))))
あ、コテハンはコレで
えっと、最初コンビニのビニール袋に入れられて捨てられてたんです
で、コレが拾ったばかりの頃の画像

1ヶ月くらい前かな
ちなみに、名前はゴンスケです
つ【手の平に乗った幼体のドラゴンの画像。傍目から見てもトカゲにしか見えない】
最初、トカゲだと思ってトカゲとして育ててたら
こうなりました
つ【犬用の首輪とリードをつけて、庭らしき場所で日向ぼっこをしている純白のドラゴンの画像】

---

22 **ペットの名もなき奴隷さん**
すっげぇ！
神龍種じゃん!!
まだ幼体か

---

23 **ペットの名もなき奴隷さん**
おおお！
一番グレードの高いやつだ！

---

24 **ペットの名もなき奴隷さん**
育てるのも難しいし、懐きにくいので有名なやつだ

---

25 **ドラゴン拾った人**
懐きにくい？
いや、そんなこと無かったけど

---

26 **ペットの名もなき奴隷さん**
ドラゴンなら進化過程あったろ
気づかんかった？

---

27 **ドラゴン拾った人**
進化過程？
無かった
脱皮しただけ

脱皮した抜け殻は、婆ちゃんが財布に入れてる

---

28 **ペットの名もなき奴隷さん**
＞＞27
扱いが蛇な件www

---

29 **ドラゴン拾った人**
たしかに、最初の頃尻尾を変身させて
水槽の蓋こじ開けた時は驚いたけど
最近のトカゲって魔法使えるんだなぁ、芸達者だなぁって

---

30 **ペットの名もなき奴隷さん**
まだ、トカゲと言い張るか

---

31 **ペットの名もなき奴隷さん**
なんでゴンスケ君がドラゴンって気づいたの？
大きくなったから？
そもそもステータス見なかったの？

---

32 **ペットの名もなき奴隷さん**
動物病院には連れて行かなかったのか？

---

33 **ドラゴン拾った人**
＞＞31
友達がステータス見て教えてくれて
自分は家の事情でステータス見えるようにはしてもらってないから
＞＞32
元気そうだったし、犬猫と違うし
二、三日様子見してから行こうと思ってたけど元気そうだったから連れて行きませんでした

---

34 **ペットの名もなき奴隷さん**

ん？
てことは、スレ主さんはドラゴン飼育初めてなんだよな？
で、トカゲとして飼ってたら飼育に成功した、と

---

35 **ドラゴン拾った人**
成功、と言われるとなんか仰々しいなぁ
でも、はい、普通に飼えてます
実はこの大きさになって初めての散歩だったんです
母が、健康に良くないかもって

---

36 **ペットの名もなき奴隷さん**
ドラゴンってプライド高くて、首輪とか嫌がるって聞いたことあるけど
この首輪は素直に付けさせてくれたの？

---

37 **ペットの名もなき奴隷さん**
でけぇー！

---

38 **ペットの名もなき奴隷さん**
ドラゴンって品種改良すすんで
そんなに大きくならないって聞いたことあるけど
ゴンスケ君は、デカイな

---

39 **ペットの名もなき奴隷さん**
コンビニの袋って、酷いことするやつもいるもんだ

---

40 **ペットの名もなき奴隷さん**
犬猫でもそうだよ
ほら、ペットいると旅行とか行けないから
それで捨てる人いるらしいし

---

41 **ペットの名もなき奴隷さん**
聞いたことあるなぁ

飼ってた犬が要らなくなったから、遠くの森の木にリード括りつけて置き去りとか

---

42 **ペットの名もなき奴隷さん**
あとは、保健所へ持って行って処分とかね
気軽にしないでほしいよなぁ

---

43 **ペットの名もなき奴隷さん**
酷い話はよく聞く

---

44 **ペットの名もなき奴隷さん**
無機物じゃないんだから

---

45 **ペットの名もなき奴隷さん**
信じらんねぇ、ビニール袋に入れて捨てるなんて

---

46 **ペットの名もなき奴隷さん**
スレ主、よくビニール袋の中にゴンスケ君いるってわかったな

---

47 **ドラゴン拾った人**
＞＞46
えっとぉ、その袋がゴソゴソ動いてて
で、拾うちょっと前に婆ちゃんの知り合いの話を聞いたってのもあって

---

48 **ペットの名もなき奴隷さん**
知り合いの話？

---

49 **ペットの名もなき奴隷さん**
ゴンスケ君、餌とかどうしてるの？
トカゲと勘違いしてたってことは、最初虫とか食べさせてたってこと？

---

50 **ドラゴン拾った人**
＞＞48
婆ちゃんの知り合いが、生ゴミの日にゴミを捨てに行ったら猫のなく声が聴こえてきて、探したけど姿が見当たらず
よく見たらゴミ袋が動いてて、まさかと思って開けたら子猫が数匹捨てられてたらしいです

＞＞49
食べさせようとしたんですけど、全然食べてくれなくて
うち農家なんで、試しにキャベツとかあげたら食べてくれて
あとは、うち猫飼ってるんですけど、キャットフードを勝手に食べてました
あとは、たまーにうちの母親が夕食用の肉（生）をあげてます
それも美味しそうにたべてます

---

51 **ペットの名もなき奴隷さん**
スレ主、どんなに品種改良されててもな
今のところ、魔法が使えるトカゲはいないんだぞ
魔法使えたらほぼキメラか、ドラゴンだと思え

---

52 **ペットの名もなき奴隷さん**
キャットフード

---

53 **ペットの名もなき奴隷さん**
ドラゴン、キャットフード食べるんかいwww

---

54 **ペットの名もなき奴隷さん**
あ、ってことはスレ主は最初猫かと思ってゴンスケ君が入ってたビニール袋拾ったのか

---

55 **ドラゴン拾った人**
＞＞54
はい、そうです

猫か犬かな、と

56 **ペットの名もなき奴隷さん**
たしかに、まさかドラゴンだとは思わんわな

57 **ペットの名もなき奴隷さん**
手の平サイズのゴンスケ君、トカゲか蛇にしか見えないもんな

58 **ドラゴン拾った人**
あ、ちなみに婆ちゃんの話の子猫は無事里親が見つかって全員引き取られたそうです

59 **ペットの名もなき奴隷さん**
引き取られたのかよかったよかった

60 **ペットの名もなき奴隷さん**
神龍なら、日光浴させればいいけど、出来ない時は紫外線ライトとか使って
あ、あとはヒーターかなぁ

61 **ペットの名もなき奴隷さん**
お、やっと助言っぽいのが出てきた

62 **ペットの名もなき奴隷さん**
＞＞61
仕方ないだろ、一般家庭ですら手が出せないペットだぞ
ペットショップに売られてる犬猫の値段と比べるとゼロが平気で三つ違ったりするし
売り物じゃなくて、客寄せで店に出してる所もあるくらいだ

63 **ペットの名もなき奴隷さん**
日光浴、なら散歩は当たりってことか

64 **ペットの名もなき奴隷さん**
でもさー、専門家でも育てるの難しいのに、スレ主はどうやってここまで大きく育てられたんだ？

---

65 **ペットの名もなき奴隷さん**
神龍は、家くらいまで大きくなるから
体の大きさを変えられるように、魔法覚えさせた方がいいよ
あと、いまの大きさなら犬小屋とか用意するとか

---

66 **ペットの名もなき奴隷さん**
トイレはどうしてるん？

---

67 **ドラゴン拾った人**
なるほど、小屋か
あ、トイレはうちの猫が教えたのか同じとこでしてる
ただ、最近ゴンスケ、デカくなったから別で特大のトイレ買ってきた
砂は猫用

---

68 **ペットの名もなき奴隷さん**
砂は猫用なのか

---

69 **ペットの名もなき奴隷さん**
水浴びとかは？

---

70 **ドラゴン拾った人**
たまーに、体拭いてる
でも俺や母が風呂入ってると、風呂の前の廊下でポン（猫の名前）と一緒に何故か待ってる

---

71 **ペットの名もなき奴隷さん**
なんか、可愛いなwww

---

72 **ドラゴン拾った人**
ちなみに、夕飯の時だけ父親に二匹ともゴマすりにいって
餌もらってる
ポンは刺身が目当て
それを真似してゴンスケも刺身を食うようになった

---

73 **ペットの名もなき奴隷さん**
あんまり人間が食べるもの与えるのは良くないんだが

---

74 **ペットの名もなき奴隷さん**
そもそも疑問なんだけど
ドラゴンってなんでそんなに育てにくいの？

---

75 **ドラゴン拾った人**
俺はそんな育てにくいって感じは、現状してないけどな

---

76 **ペットの名もなき奴隷さん**
一番大きな理由は
ドラゴンって、プライドがクソみたいに高い
んで、主人を選ぶんだ
つまり認められないと、ペットとして飼っても懐きにくい
んで、合わない飼い主だとストレスが溜まって死ぬケースが多い

---

77 **ペットの名もなき奴隷さん**
76だ
続きな
だから、金持ちなんかは業者から飼育員を派遣、あるいは斡旋してもらって面倒を見てもらうわけ
で、パーティーとかあると、そういう所に連れて行く
ステータス目的だから、懐かなくても問題ないんだろうな
中にはちゃんと愛情と責任をもって飼ってる人もいる

---

78 **ペットの名もなき奴隷さん**

なんだかなぁ
車みたいだな

---

79 **ペットの名もなき奴隷さん**
ステータス、か

---

80 **ペットの名もなき奴隷さん**
うちの猫は雑種だが可愛いぞ！

---

81 **ペットの名もなき奴隷さん**
そういや、黒猫は写真映えしないから簡単に捨てる人もいるって聞いたな

---

82 **ペットの名もなき奴隷さん**
まぁ、そんなわけで、買うのもそうだが飼うのにも金がかかるんだよ、ドラゴンって

---

83 **ペットの名もなき奴隷さん**
スレ主、キャットフード食べるドラゴンって、コスト的にどうなん？

---

84 **ドラゴン拾った人**
やっぱり、それなりはするかなぁ
でもうち農家だし、野菜なら腐るほどあるし

---

85 **ペットの名もなき奴隷さん**
まぁ、食わせるには困らないわけか

---

86 **ドラゴン拾った人**
そうだなぁ
でも、餌代分くらいはバイトしろとは最近言われる
学校に申請ださないと

---

87 **ペットの名もなき奴隷さん**
あ、スレ主は学生なのか

---

88 **ペットの名もなき奴隷さん**
スレ主、気をつけろよ

---

89 **ペットの名もなき奴隷さん**
＞＞88
？

---

90 **ドラゴン拾った人**
＞＞88
えっと、何をですか？

---

91 **ペットの名もなき奴隷さん**
＞＞90
泥棒

---

92 **ペットの名もなき奴隷さん**
あー、たしかに
珍しい育った種だし、盗まれる可能性高いな

---

93 **ドラゴン拾った人**
え、生き物なのに？

---

94 **ペットの名もなき奴隷さん**
金持ちのステータスになるんだぞ？
つまり、高額で売れるってことだ
なら育てる手間暇がない分盗んだ方が早いだろ？

---

95 **ペットの名もなき奴隷さん**
あー、なるほど

---

96 **ペットの名もなき奴隷さん**
血統書付きのやつとか、珍しいやつはたまに聞くな

---

97 **ペットの名もなき奴隷さん**
怖い怖い

---

98 **ペットの名もなき奴隷さん**
でも、ドラゴンって盗めるもんなの？

---

99 **ペットの名もなき奴隷さん**
人慣れしてて、普段の家族以外にも懐くなら、大人しく盗まれる可能性はある

---

100 **ドラゴン拾った人**
うーん、とりあえずゴンスケに火を吹く練習させておこうかな

【第2章】ドラゴン拾ってからの日常

5

「邪悪なる龍よ、この聖剣を受けてみよ！」

芝居がかったセリフを高らかに叫び、聖剣（コンビニ等に置いてある求人情報誌を丸めたモノ）を掲げ、アホな俺の友人はゴンスケへ切りかかる振りをする。

ゴンスケはというと、きょとんとした顔で友人――マサを見ている。

「なーんか、ノリ悪いなぁ、ゴンスケ」

「そんな遊び今までしたことない」

「マジか。じゃあどうやって今まで遊んでたんだよ？」

「猫じゃらしで、ポンと同じようにしてた」

「…………ドラゴンなのに？」

「トカゲだと思ってたんだよ」

「トカゲだと思ってたなら、もっと別の遊びがあっただろ」

ここは、コンビニの駐車場である。

交差点で出会った時、マサはコンビニへジュースと菓子と、昼ごはんを買いに行く途中だった。

ゴンスケは初めて見る自転車に興味を示し、乗りたがった。

たしかに、サーカスとかでそういう芸をする犬、いるけどさ。

それをマサが面白がって、乗せたところ直ぐに倒れて俺に泣きついてきたのだ。

しかし、自転車への興味は薄れなかった。コンビニへ行こうとするマサの後を追いかけようとしたのだ。

リードを引っ張って、制止しようとするも無駄に終わり、長めの散歩になってしまったのだった。

それに気づいたマサが途中で自転車を降りて、二人と一匹でゆっくりとコンビニへ向かった。

田舎のコンビニは、ちょうど混む時間帯だからかそれなりに人がいた。

介助犬等の例外を除き、ペットは基本入店できない。

なので、俺はマサにジュース代を渡してついでに買ってきてもらうよう頼んだ。

外で待ってると、やはりドラゴンは珍しいからか、かなり他の客の視線を集めてしまった。

親子連れの、まだ保育園くらいの小さな子なんて、奇声を上げながらゴンスケに抱きついてきた。

凄かったなぁ、あの子。

母親らしき女性が窘(たしな)めていたが。

そんなこんなで、マサが出てくるのを待ち、今に至るのである。

マサを待ってる間に思いついて、掲示板でドラゴンの飼い方を尋ねることにする。

そして、携帯をいじっているとマサが店から出てきた。

ジュースを受け取ってそれを飲もうとしたら、思いっきりゴンスケの視線を感じた。

見れば、いっちょ前にデカくなった尻尾をコンクリートへ叩きつけている。

有名すぎる黒い色をした炭酸飲料を俺はごくごく飲む。

そして、げっぷ。

「あー、うめぇ」

俺が呟くと。

だんだんだん!!

ダダン!!

だあん!

だあんっ!!

尻尾の主張が激しくなった。

「これは、お前は飲めないの！」

「頭いいんだなぁ」

「ダメっ！　めっ！」

ダンダンダンダン!!

ダダン！　ダダン！

「がるるるぅ！」

「唸っても、ダメなものはダメっ!!」

そんな攻防をしていると、コンビニから店員さんが出てきて、物凄く申し訳なさそうに声をかけられた。

「あのぅ、お客様。

申し訳ないんですが、その、駐車場が傷つくのと、他のお客様のご迷惑になりますので、尻尾を叩きつけるのを止めさせてもらいたいのですが」

「あ、す、すみませんっ！」

俺は、ゴンスケの頭を摑んで一緒に下げさせる。

店員さんは苦笑して、それからゴンスケを物珍しそうに見てから店に戻っていった。

ゴンスケが不服そうに俺の手を振り払う。

「お前が悪いんだろ！」

ふと、周囲を見れば、車に乗って休憩中らしいドライバーや今買い物にきた人達がこちらを見ている。中には携帯端末を向けて画像か動画を撮っている人達もいた。

「は、恥ずかしっ！」

「とりあえず、店にお詫びついでにゴンスケのおやつでも買ってくれば？ここ、たしか猫用の缶詰置いてたはずだし」

というマサの提案に、

「ジュース代くらいしか残ってねーよ」

俺はマジックテープの財布を取り出して中身を確認してそう言った。

「あ、なら紙パックの野菜ジュースなら買えんじゃん。それなら、前に動画で飲ませてるの見たことあるし」

「野菜ジュース、ね」

そもそも人間向けに加工されたものを、動物に与えるのは良くないのだ。

「ゴンスケの奴不貞腐れてるぞ。機嫌直しといた方がいいんじゃね？」

渋る俺に、マサは体を丸めていじけてるゴンスケを指さしながら言ってくる。

丸まって、でも、ゴソゴソ動いている。

と、そこで俺は気づいた。

先ほどまで手に持っていた、ペットボトルの感触が消えている。

「ゴンスケっ!!」

俺が怒鳴るのと、炭酸の直撃をゴンスケが食らうのは同時だった。

6

「言わんこっちゃない」

炭酸が目に入ったのか、ゴンスケは丸まったまま先ほどよりは弱いものの、ペシペシと尻尾で地面を叩いている。

「水買ってくる、ちょっとこいつ見ててくれ」

「そんなん魔法使えばいいじゃねーか」

マサが呆れている。

「俺、魔法使えねーよ」

「あれ？　そうだったっけ？」

「そうだよ。魔力ゼロだぞ」

「いや、テツお前のステータスわかんないから」

「あ、そっか」

「まぁ、水なら俺が魔法で出せるから、ゴンスケこっち向かせろ。とりあえず軽く目すすいだ方がいいだろ」

俺はマサの言葉に甘えることにした。

チョロチョロと空中から水を出現させ、ゴンスケの目をすすぐ。

染みているのだろう、しかしゴンスケは我慢してされるがままだ。

「よし、こんなもんかな？」

マサの言葉とともに、ゴンスケは軽く頭を振って水気を飛ばすと、何回か瞬きする。

「きゅうるる」

少し甘えるような声を出して、しょんぼりしている。

それなりにショックを受けて応えたようだ。

「ほら、マサにお礼は？」

俺の言葉に、ゴンスケは少し赤くなった目をマサに向ける。

そして、

「こるるう」

と、一声鳴いて頭を下げた。

「おー、すげぇ。どうやってしつけたんだ？」

「怒られた時とお礼言う時に頭下げるのは、ほら親戚とかから旅行のお土産貰うの見たり、うちの親の夫婦喧嘩見て覚えたっぽい」

「お前が教えたんじゃないのかよ!!」

ゴンスケの頭を撫でながら、楽しそうにマサが言った。

俺の両親は喧嘩するほど仲がいいを地で行く。

ゴンスケの横でギャースカ騒ぐのも珍しくない。

「教えなくても覚えるんだよ」

「はー、ドラゴンってほんとかしこいんだな」

マサが撫でていた手を引っ込める。

するとゴンスケは今度は俺のことを見てくる。

「くるるぅ」

「とりあえず、もう二度とすんなよ」

しゅん、と項垂れてしまった。

「そういや、ドラゴンってたしか霞みたいなのも食うって聞いたんだけどなんだっけ？」

精力や生命力吸い取るのは、エロい魔族（サキュバス）だし」

「ゴンスケが食べてるのは、基本キャットフードと畑でとれた野菜だ」

「いや、そういうんじゃなくて、なんだったかな？」

あ、そうそう、魔力だ魔力。

ドラゴンって、高純度な魔力が大好物らしい」

「なんだよ、高純度な魔力って？」

「神気とも言うんだったかな。

魔力にも種類があるらしいんさ、神殿とか行くと調べてもらえるらしいんだけど。

牛肉に例えるとA5ランクの極上の魔力を保持してる奴が種族問わずに稀に生まれるらしい。

んで、ドラゴンはその魔力が大好物なんだとさ」

「稀って、確率どれくらいなんだ?」

「テツみたいな人間種族だと六十億分の一。

他の種族だともう少し下がって、一千万分の一くらい?」

「宝くじ当たるより低いのか」

俺の呟きに、マサが返す。

「あーあ、宝くじ当たんないかなぁ」

「宝くじ当たったら、何するよ?」

「うーん、するというかしないというか」

「なんだ、それ?」

「宝くじ一等当たったら、だけどな。

遊んで暮らすか、ごろごろして暮らす。

つまり、就職(働かない)しない」

「あ、いいな、それ」

「だろ、天才的な発想だろ」

「でも、そうだよなぁ。宝くじ当たったら奨学金申し込まなくていいんだもんなぁ。大学にしろ、専門にしろ、金かかるし」

「そうそう、奨学金とか言いつつ、アレ借金だからなぁ」

「借金しない、となると就職が現実的なんだよなぁ」

ため息をついて、俺はゴンスケを見た。

ゴンスケは俺の反応を伺っている。

「…………ゴンスケって、珍しい種類なんだよな？」

俺の言動を察したマサが、肩を摑んでくる。

「やめろ、テツ、それ以上はいけない」

「ん？　何が？」

「目がマジだったぞ」

「そんな、ネットオークションで売ろうとか思ってないぞ」

「…………」

「も少し芸を仕込んで動画投稿して、再生数で稼げないかなぁとか考えただけだ」

「やめとけやめとけ、アレだって広告収入だ。どんなに頑張っても人気者並に稼ぐには時間と才能が足りねーよ」

「ですよね～」

7

炭酸飲料を食らった時、ゴンスケは少しだけ飲んでしまっていたらしい。

昼間、俺は学校、両親は共働きのため家にいるのは祖父母だけになるのだが、畑仕事から戻ってきた二人が目にしたのは祖父のビール缶を一本だけだが飲み干して、スピスピ眠るゴンスケだった。

学校から帰った俺は、ゲンコツでタンコブを作り家から締め出されてるゴンスケと遭遇した。

「人のものを勝手に飲んだらダメ、わかったか？」

こってり絞られたらしいゴンスケは涙目である。

「ゴンスケだって、自分のご飯ボスに取られたら嫌だろ？」

こくこく、とゴンスケはうなずいた。

ボスというのは、たまにウチに侵入しキャットフードを食い逃げしていく野良のボス猫だ。

何回目かの脱皮、もとい進化してポンと同じくらいの大きさになった時、ゴンスケはボスと喧嘩してコテンパンに負けたのだ。

図体ばかりデカくなったが、そんな経験をしたためかボスのことを警戒している。

「よし、じゃあ、謝りに行くか」

そうして俺はゴンスケを引っ張って、祖父母のところへ頭を下げに行ったのだった。

それから数日後のこと。

祖父の晩酌のお酌を、何故かゴンスケが務めることになっていた。

ビールよりも清酒の方がゴンスケの口には合ったらしい。

使っていないスープ皿をゴンスケ用に下ろして、祖父が与えていた。

それを父が羨ましそうに見る。

「それにしても、ゴンスケがドラゴンだったとは」

俺が呟くと、祖父が難しい顔をしている。

「家くらいデカくなると、ちょっと問題だよなぁ。

家畜小屋は離れてるし、そうなると、あの自転車小屋を空けるか」

「変身魔法覚えさせれば、サイズは変えられるらしいし。

人型に変身させることも出来るらしいよ、じいちゃん」

「誰が魔法教えるんだ？」

祖父の返しに、俺は悩む。

目下、悩みの種はそれだった。

ウチの祖父母は魔法は義務教育程度だったら使えるが、変身魔法となると専門か大学に行って教わる上級魔法の一種だ。

残念ながら祖父は高卒、祖母は中卒である。

時代が時代だったらしく、本当は勉強したかったらしい祖母はしかしそれが許されなかったらしい。

父は大卒だが、平日は仕事、休みは寝ていたい派で教える時間がない。

母は魔法は使えるが、教えるのは苦手らしく先生には向かない。

つまり、誰も教える者がいないのだ。

「あ、そうだ、タカラに連絡したら？」

母がそう提案する。

タカラというのは、俺の姉だ。

姉も遺伝的には父似のため人間種族である。

しかし、魔族と天使のハーフである母の魔力をそのまま受け継いだからか昔から魔法は得意だった。

今は進学して他県の大学に通っている。

他県のため、絶賛一人暮らし中だ。

「そういや、姉ちゃんにペットが増えたこと教えた？」

俺は母へ訊ねる。

「言ってないよ。帰って来た時驚かせようと思ってたから」

夏休みと年末年始くらいしか姉は帰ってこない。
と、話題に出していた矢先の事だった。
家電(いえでん)が鳴った。
「こんな時間に誰だ？」
取ろうとしたら、切れた。
ワン切りである。
不思議がったゴンスケが俺の横にやってくる。
その背にはいつの間にか、ポンが乗っていた。
構わず、俺は着信履歴を確認する。
姉の携帯端末の番号が表示される。
「噂をすればってやつか」
きっと電話代をケチったのだ。
こちらからかけろということだろう。
リダイヤルの操作をして、姉へ電話をかけ直す。
二回のコール音の後、姉の声が聞こえてきた。
『遅い！』
第一声がこれである。

『誰も携帯出ないし！

携帯電話なんだから携帯しときなさいよ!!

っとに、ウチの家族は使えない!!』

「携帯の方にかけてたのか？」

『そうに決まってるでしょ！

あんた、ドラゴン飼ったならなんで言わないの!!』

「あれ？　なんで知ってんの？」

『SNSで、あんたらが写ってる動画がトレンド一位になってたの！

モザイクかかってたけど、ドラゴンとイチャコラしてたのがあんただってすぐわかったわ!!』

なんで現実の姉はこうなのだろう？

それこそラノベに出てくる優しい姉が欲しかった。

キーキー喚き散らす姉に言うと後が怖いので言わないが。

というか、イチャコラってなんだ。

8

自室にて、姉ちゃんの言っていた動画を確認する。

三十秒ちょっとの動画はすぐに見つかった。

たしかに、数日前のコンビニでのやり取りの動画だった。

投稿するなら一声かけてくれればいいものを。

横からゴンスケが画面を覗き込んでくる。

「おい、邪魔するなよ」

「ヴるるるぅ、るるっ!! るるる!!!」

「ん?」

少し不満そうな声だ。

ちげぇよ、とでも言っているようだ。

「るるるるぅ! ぐぅるるる!!!」

「あぁ、いつものやつが観たいのか」

尻尾を長い紐に変化させて、携帯端末をペシペシ叩き始めたゴンスケにそう言うと、俺は待ち受け画面まで戻しアイコンを見せながらゴンスケに聞く。

「ほら、どれが観たいんだ？」

動画サイトのアプリはいくつか入れている。

ゴンスケは紐に変化させた尻尾を、今度は人の指に変えてそのアイコンの一つをタップした。

「げ、お気に入り登録増えてるし」

俺はジト目でゴンスケを見た。

こいつは、俺が風呂に入ってたり何かしらで携帯を放置している時に、勝手に操作して動画を鑑賞し、気に入ったものはお気に入り登録をしている。

無料だから別に良いが、なんというかゴンスケの奴自分を人間と思い込んでいそうだ。

父は猫だと思ってる、なんて冗談混じりに言ってるが。

ゴンスケが手の平サイズだった頃は、大画面だった携帯端末は今やとても小さいものとなってしまった。

ゴンスケが好きだと思われる動画は、ホラーゲームの実況と食べ物でくだらないことをする系だ。

ちなみに、動画を観て気に入ると犬のように尻尾をブンブン振り回し、俺が被害を被る。

欠片だがオーガとオーク二つの亜人の血が流れている恩恵か、人間種族ではあるもののそこまでの怪我を負わないのは良いことだと思いたい。

ちなみに、最近は父がレンタルしてきたドラマや特撮などを一緒に観ている。

マサは雌だと言っていたが、たぶん、いや絶対雄だ。

ゴンスケは器用に、そしていつもの様に変化させた尻尾を使って動画を選び再生する。

とても楽しそうだ。

平日、昼間はポンについて回っているらしく、ゴンスケも昼は寝て夕方から夜動くことが多い。

そのため、俺が帰る頃になると玄関先でスタンバっていることが多い。

一時間ほど動画を楽しんでいたゴンスケから携帯端末を没収する。

そして、部屋の電気を消す。

「がうるる!!」

まだ観てるんだ、何しやがる、その持っているブツを返せと唸ってくるが、無視する。

「俺はもう寝るんだよ」

「ぎゃうぎゃう!!」

「うっさい、居間にでも行って深夜アニメでも観て――ぶっ」

元に戻した尻尾で顔面叩いてきやがった。

「ぎゃうぎゃうるる!!」

ペシペシ。

ペシペシペシペシペシ。

俺は尻尾の攻撃から逃れ、布団を被る。

ベシンベシンっ!!

ぼふんぼふんっ!!
畜生、布団の上から叩いてきやがる。
しばらく布団の中で籠城していると、攻撃が止んだ。
諦めたか?
俺が思ったとき、布団の上に重さを感じた。
と、思ったらその重さが消えた。
おい、まさか。
ドッシン!!
腹を超重量の衝撃が襲った。
「ぐえっ」
呻く俺に構わず、超重量の腹への衝撃が第二波、第三波と続く。
ドッシン!!
ドッシン!!
ドッシン!!
我慢だ!
ここで、甘い顔見せたらゴンスケの奴付け上がりかねないからな。
「ぎゃっう!　ぎゃっう!　ギャウルルルゥ!!」

「あーーーーっ!!　くっそウゼェェエエエ!!」

「ギャァァァアアアうるるるるぅぅううう!!」

俺は布団を蹴飛ばして叫び、ゴンスケと対峙する。

ついでに電気をつける。

ゴンスケも負けず劣らず叫び返してきた。

だから、俺達は気づかなかった。

ゆっくりと、魔王の足音が俺の部屋へ向かっていることに、気づけなかった。

「ぎゃうぅっ、るるるぅ?」

叫び続けようとしたゴンスケの声が小さくなる。

その視線は俺の背後、部屋の扉へ注がれている。

カチャリ。

静かにドアノブが回って、開く音がした。

「…………テツ?　ゴンスケ?

なに、騒いでいるの?」

静かな口調。

しかし、背中を向けていてもわかる、怒気と殺気。

ぎぎぎ、と俺はまるで首が錆び付いてしまったかのようにゆっくりとそちらを振り向いた。

「あ、その」

「何を騒いでるの？」

「ご、ゴンスケが、動画を無理矢理観ようとして」

「ぎゃっ?!　がうるる！　ぎゃうるる！」

違う、テツが意地悪したんだ、とでも言っているのだろう。

母は、俺達を交互に見ると部屋に入ってきた。

そして。

ゴンッ！

ゴンッ！

一発ずつ、ゲンコツを貰ったのだった。

母さん、素手でそれなりに硬い鱗で覆われてるゴンスケにタンコブ作った。

母さんが天使と魔族のハーフってホントかもしれない。

「静かに。それと喧嘩両成敗」

「くうるるる」

ゴンスケの奴涙目だ。

「ご、ごめんなさい」

と、そこに、ポンがやってきてゴンスケへ一声鳴いた。

「るるう」

にゃうにゃう。

「がうぐうるるる」

と、ゴンスケの鳴き声は最後まで聞かず、ポンは部屋を出ていった。

「ぐるう」

ゴンスケはしょんぼりして、丸まってしまった。

母も部屋を出ていく。

「はぁ、寝よ寝よ」

9

SNSで動画が有名になったといっても、俺の顔にはモザイクがかかってたし、クラスメイト達も似てるけどたぶん違うよね、という態度だった。

そもそも、高校は小中学生の頃と違って魔力ゼロや魔法が使えない人間への扱いが緩い。

逆に言えば、義務教育の小中学の方が厳しすぎたくらいだ。

それでも、偏見はある。差別は、皆無じゃない。

魔力ゼロ、家は農家、将来性は皆無男。なんて女子の間じゃかなり陰で笑われてたらしいし。

男子の間じゃ、敵にならないという感じでかなり下に見られてるみたいだ。

まぁ、どちらも『一部の』が付くが。

「で、ドラゴン飼ってるってホントなのか？」

「んあ？」

昼休み。

教室の片隅で適当に机を合わせて弁当を食べる仲間の一人、一般人には珍しいハイエルフの少年、リーチが聞いてくる。

リーチは、人形のように白い肌と金色の髪、そしてアイドルに負けず劣らずの容姿をした美少年だ。

これで家が大財閥だったなら完璧だっただろうに、神様は何を思ったのか、彼を高校近くにあるパン屋に生まれるよう振り分けた。

ちなみにリーチの家の焼きそばパンは絶品である。

「あー、まぁ、ドラゴンみたいだな」

俺は他人事のように、言う。

いまだに俺の中じゃゴンスケはドラゴンじゃなくて、トカゲだ。

そう、デカいトカゲ。

「でも、よく手に入れられたね、高かったんじゃない？」

そう聞いてきたのは、黒髪黒目、眼鏡をかけた人間種族の少年である。

彼の名前は、ツカサ。パン屋でもないが、農家でもない、サラリーマン家庭の生徒である。

「あー、拾った」

「拾ったって」

ツカサが絶句する。

「ドラゴン捨てる奴なんているのかよ？」

リーチが訊ねてくる。

「コンビニのビニール袋に入れられてた。ご丁寧に袋の口まで縛ってあってさ」

俺は当時のことを説明した。

説明し終えると、ツカサが嫌そうな表情を浮かべる。

「猫の話もそうだけど、よく出来るよね」

「サイコパスだな！　絶対そうだ！」

リーチもイラついたように言った。

「そういや、そのゴンスケの画像ねぇの？」

「あ、僕も見たい。テツの飼ってるドラゴン」

「一応、携帯に入れてあるけど」

言いつつ、俺はフォルダからゴンスケの体の上でポンが丸まって寝ている画像を出して、二人に見せた。

「猫だ」

「猫の尻に敷かれてるドラゴンなんて、僕、初めて見たよ。

ゴンスケはポンを食べようとしたりしないの？」

ドラゴンよりも、一緒に寝てるポンの方が二人には衝撃的だったようだ。

「次の休み、ゴンスケ見に遊び行って良いか？」

リーチがそう聞いてきたので、快諾する。

「あ、じゃあ僕も」

ツカサも生でドラゴンを見たいようだ。

そんな感じで、あとは昨日のテレビがどうだとか、次行くライブがどうだとか、他愛のない話をしていると、女生徒から声をかけられた。

「ね、ドラゴン飼ってるって本当？」

教室全体がシン、と静まりかえった。

「へ？」

見れば、森人並の美貌の女生徒が俺達を見つめていた。

雪のように白い髪に、春になると咲く桜のような淡い色をした瞳。

人間種族のように、見えた。

「違うの？」

こてん、と首を傾げる女子。

誰こいつ？　とツカサを見れば何故か携帯電話のバイブレーションのように体を震わせている。

つぎにリーチを見れば、驚いているものの体を震わせてはいなかった。

「いや、うん、飼ってるけど」

「ほんと?!　ね、ドラゴンの画像とか無いの？」

「あるよ。見る？」

「見せて見せて！」

あ、香水かな？

いい匂いがする。

「はい、どうぞ」

小さな子供みたいに、その女子は目を輝かせて画像に見入っている。

「わ、ホントだー。すごいドラゴンと三毛猫だー。

猫の尻尾長いねー。猫も飼ってるの？　この二匹は仲いいの？」

「うん、三毛猫もうちの猫。まぁ、それなりに仲はいいよ」

「そっかー」

ある程度、画像を見たら満足したらしいその女子は颯爽とその場を去っていった。

「……誰？」

俺の呟きに、ツカサがお化けでも見たような顔になった。

一方、リーチは。

「特進クラスの、なんだったかな？

どっかの財閥だか公爵家のお嬢様だよ。学年は俺らと同じ一年生」

「そうなの？」

俺はもう一度、ツカサを見た。

この世の終わりみたいな顔をした友人が、そこにはいた。


そんなことがあった以外は、普通に授業を終え帰宅した俺だったのだが。

「ただいまー。って、おわっ!?」

帰宅した俺は、玄関に入るや否や待ち構えていたゴンスケに押し倒された。

そして、いつも以上に体の臭いを確認され、ゴンスケは自分の体を擦り付けてくる。

「ぐぅるるる、グルルルっ」

威嚇し、唸ってきた。

「何怒ってんだよ」

「ぎゃるるるるうう」

「？」

訝しむ俺を無視して、ゴンスケは俺を甘噛みの要領で口に咥えると、風呂に連行、浴室にて俺を制服ごとシャワー責めにしたのだった。

10

昨日のシャワー責めのことを話したら、リーチに爆笑された。

ツカサはどちらかと言うと苦笑いだった。

その二人はいつも通りだったのだが、他のクラスメイト達は遠巻きに、俺のことを見ている。

「ところでさー、なぁんか教室の空気変じゃね？」

俺が聞けば、ツカサが呆れたように言ってくる。

「当たり前だよ。テツ、昨日話しかけてきた女子生徒、あれ誰かホントに知らないの？」

「リーチが財閥の令嬢とか言ってたな。

そんな特進クラスのことまで知るか。

学年が同じでも、クラス違うと顔なんて覚えないだろ」

「………入学式の時、代表で挨拶してたのに」

「へぇ、そうだったっけ？」

「………そうだったんだよ。

あの子は、ローランド公爵家の娘だよ。令嬢だよ、令嬢。

母親は降嫁した元王族だし。

めちゃくちゃ血筋の良い、お姫様だよ」

「おー、めっちゃお嬢様じゃん。それがなんでこんな一般高校にいるんだ？」

「いや、たしかに僕達は総合学科だけど、元々この学校は貴族のために作られた学校だからね。

特進クラスは貴族ばかりだよ。まさか貴族教室、とか、貴族学級なんて呼べないから特進クラスって呼ばれてるだけで」

「………え、ここ名門だったの？」

「ごめん、僕、なんでテツがここを受けたのかすごい不思議なんだけど」

「なんでって。

もともと受けようと思ってた家政科がある学校が無くなったから。

もう一つ家政科のある学校は、いろんな人からお前は馬鹿だから無理って言われて、農業高校かここかってなって。

生活態度だけは良かったから校内推薦が取れて、推薦でここ受験したら受かった」

「マジか」

リーチが驚いている。

「うーん、たしかに普通科呼称なだけで、そもそも、ここ総合学科ではあるから色んな勉強するならわからなくはないけど」

「たしかに、お前、家政科系の授業取ってたよな」

「あと、現代文と古文も。基本文系？」

「まぁ、一番わかりやすいし」

「歴史も好きだよなぁ」

「まぁ、それなりに」

と、いつもの様に他愛のない話をしていたら。

「ねね？

なんの話してるの？　ドラゴン？

もしかしなくてもドラゴンの話？」

また、現れたよ。

「えーっと、ローランドさん？」

「アストリアで、いいよ」

財閥令嬢で王族の血が入っている、アストリア・ローランドさんは、笑顔で言ってくる。

「アストリアさん、様の方がいい？」

「みんな『さん』付けで呼ぶからいいよー。

んーでも、呼び捨ても憧れてるんだよね。

ここは、クラスこそ分けられてるけど平等を謳ってるわけだし」

「…………それ、本気で言ってる？」

俺はそれとなく、教室を見ながら返した。

屈託のない笑顔が返ってくる。

「だってドラゴンの話なんてそうそう出来ないし。

友達なら砕けた口調の方が接しやすいし」

「…………そう。

ドラゴン好きなの？」

この子、わかってないんだろうなぁ。

「うん！　ドラゴンだけじゃなくて犬も好きだし。猫も、ハムスターも金魚も好きだよ。でもウチは生き物飼えないいんだ。

お母様と弟がアレルギー持ちだから」

「なるほど」

「ね、また、画像見せて」

あー、そういうことか。

リーチとツカサは、口を挟むタイミングを伺ってるようで黙ったままだ。

「良いけど、あ、そうだ何ならアドレス教えてくれると助かる。

送ったほうが手間が無いし」

「え？」

「ん？」

俺とアストリアさんの視線がかち合う。

「ＳＮＳやってたりするなら、むしろそっちの方に送った方がいいか？」

連絡先を教えたくない心理だろうか。

一応、雲の上の存在だしなぁ。

それを踏まえて提案すると、とても驚かれた。

そういえば、こういうお嬢様ってＳＮＳとかすんのかな？

「あ、あ、け、携帯だね！

ある、あるよ！」

メールアドレスと電話機能とは別の通信アプリの方の連絡先も交換する。

「よし、登録完了。

ツカサもどうせなら交換すれば？

お前ん家、魚飼ってるだろ」

「うえっ?!」

いきなり話を振られたからか、物凄く驚いた反応が返ってくる。

どうせ、画像を送るだけだ。

でもまぁ、そりゃ、気後れするよなぁ。

公爵令嬢だしなぁ。

それに、どうせ今だけだろうし。

長くても三年生までの関係だ。

「そうなの？」

「あ、その、熱帯魚を」

「どんな魚がいるの？」

ツカサが困ったように、俺に視線を送ってくる。

「お、あった。コレだよ。ツカサん家で飼ってるの」

俺はちょっと前に遊びに行った時撮った、ツカサの家の熱帯魚の画像を見せた。

「わぁ、綺麗。宝石みたい」

「アストリアさんなら、友達の家とか遊びに行くと普通に飼ってそうなのに。珍しいの？」

「その、あまり気軽にお邪魔は中々できなくて」

学校は同じでも住む世界が違うからなぁ。

俺達のようには遊べないんだろうなぁ。

「あ、貴方の家も何か飼ってる⁇」

彼女と連絡先を交換したあと、顔を青ざめさせるツカサ。

そのツカサが見えていないのか、あえて気にしていないのかアストリアさんはつぎにリーチへ尋ねた。

「うち？

うちも親の都合で飼ってない」

「そうなんだ。やっぱりパン屋だから？」

俺が聞くと、手を振って否定される。

「違う違う。旅立たれる（死ぬ）と悲しいからだってさ。

母ちゃん、子供の頃に色々飼ってたらしいんだけど、その数だけ泣いてきたみたいでさ」

「あー、なるほど」

「…………」

箱入りお嬢様にはちと刺激が強かったらしい。

悲しそうな表情で黙ってしまった。

そんな俺達の横で、ツカサがまるで時限爆弾でも渡されたかのように自分の携帯を見ながらバイブレーションと化していた。

【第３章】なんか知らんが喧嘩売られた

11

二日連続でイレギュラーな昼休みとなってしまった。

帰宅部である俺は、さっさと教室を出た。

イレギュラーなこととは重なるものらしい。

「…………」

目の前に見慣れない男子連中が、通せんぼしていたのである。

うーん、特進クラスの男子かな。

何となく、俺みたいな一般人と違う雰囲気だ。

金持ち、財閥、貴族。

おそらく、そういった家の子供達なのだろう。

「貴様か」

貴様って、初対面の人間に対して失礼だな。

というか、貴様なんて名前では無いので無視する。

無視したまま、その男子達の横を通り過ぎようとするが、足元が淡く光った。

展開されたのは、魔法陣。

と、俺の足が糊か何かで固定されたように動かなくなる。

「無視するなよ」

「………校内での私闘は禁止されてたはずだけど？」

校内だけでなく、校外でも禁止だ。

それが社会のルールだ。

「頭が高い」

男子達の中でも、特に偉そうな奴がそう言いながら俺に足払いをかける。

同時に、魔法陣が解除された。

床に転がされ、足で踏みつけられた。

「お前みたいな、下賤な肥溜め臭い奴が何を勘違いしている？」

「…………」

？

こいつ、なに言ってんだ？

「何か言えよ」

今度は蹴られた。

「あ、猫餌買って帰らないと」

母に頼まれていたのだ。

それを思い出して口にしたら、馬鹿にされたと思ったらしい。

袋叩きにされた。

その時に吐かれた言葉の数々から察すると、つまり身分の低い俺がアストリアさんと親しくし始めたのが気に入らないらしい。

嫉妬か。

いや、知らんがな。

こういうめんどう臭いタイプにはなりたくないなぁ。

アッハッハッハッハッ。

他にも、生徒や教師がいるはずなのに、誰も止めようとしない。

というか、ツカサやリーチじゃなくてなんで俺がターゲットにされ、あぁそうか、魔力ゼロで魔法が使えないからか。

ああ、嫌だ嫌だ。

と、袋叩きに遭っている間に、ちらり、と遠巻きにこちらを見ている野次馬達へ視線をやる。

その中でリーチがニヤニヤと悪い笑みを浮かべているのが見えた。

たぶん、この意識高い勘違い連中の、今まさに振るわれている拳や足がいつまで保つのか楽しんでいるのだ。

「馬鹿にしやがって!!　たかが百姓の癖に!!」

お前、そんなこと言うなら、もう二度と野菜食うなよ。

「…………そんな【たかが百姓】に寄って集ってリンチするって、恥ずかしくね？　数集めなきゃ、下賤なたかが百姓相手でも、なんにも出来ませんって宣伝してるようなもんだぞ」

リーチが吹き出すのが見えた。

おい、何笑ってんだ。

と、それが地雷だったのか、カチカチカチカチ、と聞き覚えのある文房具の音が聞こえてきた。

一番偉そうな奴が取り出したのは、文具店で売られてる、どこにでも置いてあるカッターだった。

「刃物は人に向けるものじゃないだろ」

「うるさいっ!!」

うーん、俺はぶっちゃけ刺されても平気なんだが、下手に暴れられると他の生徒が刺されかねないし。

「困った」

俺の言葉を何か勘違いしたらしい。
偉そうな奴らは、ケラケラと俺を嘲笑う。
そして、
「土下座しろ」
偉そうな奴がそう言ったのだった。
うわぁ、めんどくせぇぇー。
まぁ、いいや、さっさと猫餌買って帰りたいし。
この後、こういうタイプって絶対頭を物理的に踏みつけてくるからなぁ。
俺は偉そうな奴の行動を脳内でプロファイリングしつつ、土下座する。
まぁ、もともと土下座みたいな格好だったけど。
すると、予想通り頭を踏みつけてきた。
グリグリと床に押し付けられる。
「弁えろ下等生物」
それで、気が済んだらしい。
言うだけ言って男子生徒達は去っていった。
遠巻きに見ていた生徒らも、散っていく。
「おーおー、色男になったじゃん」

リーチがそう声をかけてきた。

「助けてくれてもいいだろ。あと何笑ってたんだよ」

「ツカサならともかくお前なら大丈夫だと思ってたし。

まぁ、さすがに土下座するとは意外だったけど」

「いや、刃物出されちゃさすがに危ないしさ」

「明日が楽しみだ」

俺の言葉を聞いているのかいないのか、リーチがそんなことを呟いた。


さて、猫餌を買って帰宅するとゴンスケと一緒に母が待ち構えていた。

「喧嘩したんだって？」

「は？」

「学校から電話があったの。

特進クラスの子、殴ったんだって？」

「あ、そうういうことになってるの？」

内申に響くなぁ。

困った。

「そういうことになってる」

「ふぅん」

「で、殴ったの？」

「いやいや、殴れるわけないじゃん。

相手、普通に魔法使えるんだよ？

むしろ殴られたんだけど」

「よし、じゃあ医者行くよ。診断書書いてもらう」

「いいよ、面倒臭い。そもそも怪我してないし」

「だめ、こういう事はしっかりしておかないと」

そんな俺と母親のやり取りを、少し不安そうにゴンスケは見守っていた。

12

結果だけを言うなら、翌日から俺は一ヶ月の停学処分となった。

理由は風紀を乱したから、らしい。

大人しくしていても処罰されるとは、難しい。

そんなわけで、俺は自宅謹慎している。

いや、していたのだが。

「暇なら畑で草むしり手伝え」

「ついでにじいちゃん達の昼ごはんも作れや」

と、祖父母から指令が下ったので、指定された場所の雑草取りに励み、お昼は余り物で適当に昼ごはんを作った。

マヨネーズを使わないポテトサラダをおかずにしたのだが、祖父母の口には合ったようだ。

「昼からは、オオカミ出たらしいから駆除に行くよ」

そんな祖母の言葉に従い、昼食のあとはうちの山に出かける。

人的被害が出る前に退治するとのことだ。

俺は人間種族だが、色々血が混じっているからかとても頑丈なのだ。

そのため、囮(おとり)役をするのである。

「ぐうるるる」

ゴンスケが俺のとこへ寄ってきて、鳴いた。

「今日も、行くか？」

祖母がそんなことをゴンスケに言った。

もしかしなくても、これたまに連れ出してたな。

「ぎゃう！　ぎゃう！」

ゴンスケは嬉しそうだ。

「よしよし、また、大物とったらご褒美やるからな」

「ぎゃうるる!!」

満足そうなゴンスケを横目に、俺は確認する。

「ご褒美？」

「捕れたオオカミとかクマとかの肉を焼いて食べさせてた。最近はゴンスケ、口から火も出せるようになって自分で焼いて食うようになったんだ」

「なるほど」

昼食のあと少し昼寝をして、それから婆ちゃんの運転する軽トラで片道三十分ほどの私有地である山を目指す。

軽トラの荷台には、犬用のリードで繋がれたゴンスケ。

まぁ、いるけどさ。

こうやって犬を畑や田んぼに連れてく人。

「よしよし、じゃあいい子にしてるんだぞ」

車を出す前に祖母に言われ、ゴンスケはうなずいた。

「ぎゃうっ!!」

慣れてるなぁ。

＊　＊　＊

時間は少し戻って、学校の昼休み。

「まさか謹慎とはなぁ」

リーチが呟いた。

「理不尽だ」

ツカサも納得がいっていない。

「まぁ、仕方ねーよ。それが持ってるヤツらの特権ってやつだ」

「………………でも、一方的すぎるよ。なんでテツばっかりが悪者にならないといけないんだ」

「それが、世界の普通だからだろ。

逆に言えば、テツのお陰で俺達は見逃されてる。

まぁ、アイツはこういう事慣れてるみたいだし。

また出てくれれば普通に授業受けるだろ」

「それは、そうだけど」

「これで俺達まで標的になったら、それはそれで面白いんだけどな」

「？」

「人の口に、扉や壁は立てられないんだよ。

ほら、見てみ？」

ツカサのステータス画面、もしくはウィンドウにリーチから動画サイトのアドレスが届く。

開くと、それは現在注目度一位の動画だった。

昨日の、特進クラスの者達によるテツへのリンチ動画だった。

モザイク等はされていない。

なので、うずくまって暴力に耐えているテツの顔は映っていないものの、特進クラスの面々は高画質でくっきりはっきり映っていた。

「特進クラスの連中のことをよく思っていない、でも面と向かってだと何も出来ない奴らが、こうやって世間にチクってる」

「…………」

「世界の普通より、世間一般の常識の方が勝つことがある」

「違いがわからない」

「匿名で、大義名分さえあれば誰でもお手軽に【正義の味方】になれるってことだ。

さて、明日か、いやいや、今日の夕方か夜のニュースで取り上げられるぞ」

「…………リーチってさ、性格悪いよね」

「バッカ、俺みたいな品行方正な奴そうそういないぞ」

鏡で自分の顔見てみろ、とは思ったがツカサは何も言わなかった。

13

婆ちゃんはオーガ、所謂鬼人種族である。

人間種族との一番の違いは、やはり体力とか頑丈さだろうか。

ちなみに、オークである爺ちゃんも強いし頑丈だ。

頑丈さだけなら、父と俺は人類最強を自負できるくらいだ。

姉ちゃんも、頑丈さなら負けていない。

いや、だって、昔、暴走した車に散歩中に突っ込まれたことがあるけど、俺達父子、無傷だったんだもん。

だけど、あえて普通の人間種族だと主張する。

何故なら魔法が使えないからだ。

そもそも、元々人間種族は魔法が使えなかった。

歴史が進むに連れて神の加護だかで使える人間種族が増え、さらに時代が進むと異世界からきた勇者達によってさらに魔法が使える人間種族が増えて行った。

その加護を受けた者や、勇者達の血が混じりあい、広がった結果が現代である。

しかし、俺のように魔法が先天的な理由で使えない、そもそも魔力ゼロなんてのも世界中探せばよくある話なのだ。

ただ、魔力ゼロ人間の数が少ないのもまた事実であり、世界大戦が起こったという百年ほど前では、下等種族として差別の対象だったとか。

良かった、現代生まれで。

まぁ、現代でもその差別の名残はあったりするけど。

「あんたはお父さん似で大人しいのが玉に瑕なんだよ」

今の一ヶ月謹慎の詳細について聞かれたので、答えたら返ってきたのがこれであった。

「そんなこと言ってもさー、社会的に権力ある奴らだよ？

ちょっとでも反抗したら後が怖いじゃん」

「権力を持ってるのは、その子らじゃなくて保護者のほうじゃないのかい？」

「いや、うん、まぁそうなんだけどさ。

婆ちゃん、今はモンぺっていう親がいるんだよ。悪質なクレーマー」

「もんぺ。最近は股引(ももひき)の亜人がいるのか？

それとも、家電みたいに喋ったりする股引があるの？」

「違うよ、モンスターペアレント。略してモンペ。

自己中で理不尽な要求やクレームをつけてくる保護者のこと」

「たとえば、どんな？」

「うーん、聞いた話じゃ、文化祭とかでのクラスの出し物がたとえば演劇だったら、自分の子を主役にさせろーとか。そんな風に言ってくる親。

道具係になったら、なんで道具係なんだーとか言ってくるのもモンペの一種」

「へぇ。色んな親がいるもんだ。

でも、一番注目される場所だけが主役ってわけでもないんだけどね～」

おや、意外。

てっきり、ふぅん、くらいで済ませると思ってたのに。

「主役だけじゃ、劇は作れない」

「？」

「あんただって、マンガ見る度に、脚本が～とか監督が～とか制作会社が～とか色々言ってるし」

「あ、たしかに」

ちなみに、祖母の言うマンガというのはアニメのことである。

昔はアニメのことをテレビマンガだかマンガテレビと言ったらしく、祖母は本の方もマンガ、アニメの方もマンガと言う。

「**ぎゃうっ！**」

俺達がそんな会話をしていると、森の奥からのっそのっそとゴンスケが姿を現した。

そして誇らしげに一声鳴いた。

その後ろには頑丈な檻に変化させた尻尾、中にはすでに事切れているオオカミとクマの魔物。

なんで、こんな大物が捕れて、ボスに負けるかな。

「おお！　ゴンスケは今日もいい子だね」

「ぎゃうくるるぅ!!」

祖母に褒められてとても嬉しそうだ。

がっちゃんがっちゃんと、嬉しさを表現する度に尻尾が揺れ、檻がぶん回される。

「よしよし」

祖母がゴンスケの頭を撫でる。

「じゃあどこが食べたいんだ？」

「ぎゃっぎゃっ!!」

ここ、ここ、とゴンスケが尻尾の檻を解いて、今度は尻尾を矢印に変化させて食べたいところを指し示す。

「はいはい。今切り取ってやるよー」

そんな、のほほんとした光景を見ていた俺は、世間が騒がしくなっていることなんて、この時はもちろん知らなかった。

14

「うわぁ、カメラが凄いよ」

ツカサが図書室のある別の棟の四階から、生徒玄関を見下ろしながらそんな感想を漏らした。

「思ったより早いなぁ。まぁ、たしかに今って特に話題がないからなぁ、メディアは食いつくわな」

想像通り、とかなりあくどい笑みをリーチは浮かべている。

その視線の先はツカサと同じ場所に注がれている。

「うわぉ、特定班の仕事も早い」

とあるウェブ記事とSNSではリンチをしていた特進クラスの生徒達の身元がすでに特定され、公開されていた。

「あの偉そうな奴、魔法杖で有名な会社の社長の孫だったのか」

「え、どこ？

アレイスター？

それともザレウスキー？」

「アンブローズ」

「うっそ。うわぁ、幻滅した。

僕あそこの杖のデザイン結構好みだったんだけどなぁ。

性能もいいし」

「初代で、現役社長だか会長は裸一貫で頑張ってきた人だからな。

自分が苦労した分、子供や孫には甘いんじゃね？

息子、つまり孫の父親もあんまりいい話聞かないし」

「あーあー、聞こえない。聞こえなーい」

「あ」

「どしたの？　リーチ？」

「テツの奴、まだ知らないみたいだな」

「え？　あ」

二人の元に、画像が送られてきた。

ゴンスケが美味そうに焼けた肉を食べている画像だった。

短いメッセージも添付されていたが、今日の学校のことは何も知らないようだ。

「…………これ、アストリアさんにも送ったりしてないよね？」

「どうだろうな」

「というか、彼女、そういえば来なかったね。

アレかな？　僕らみたいな悪漢とはつきあうなーとか言われたのかな？」

「さあな」

「でも、こうやって特定されたんならテツのことも特定されそうだけど、そんな感じないね」

「アイツ、魔力ゼロってことで有名だけどぶっちゃけ顔覚えてる奴なんてそんなにいないと思うぞ。昨日のリンチがそもそもイレギュラーな事だったんだし」

「どゆこと？」

「影が薄いってこと。情報だけが有名で、顔を知らないなんてザラだろ」

「そういえば、たまに、スーパーとかの自動ドアに反応されないとかボヤいてるよね、テツ。とりあえず、この取材陣の画像を送って現状を伝えよう」

＊　＊　＊

『なにやってんの、あんたはーーーーー!!』

山に姉の声が響いた。

耳が痛い。

「いきなり電話してきたかと思えば、今度はなに――」

『土下座するようなヤワな性格してないでしょっ!!』

「え、なんで知って」

このやり取り、なんだろ既視感（デジャブ）。

『ニュース!!』

「ニュース？」

『虐め動画拡散して、大騒ぎになってるの!!

昼のニュースに取り上げられてるの!!』

「あー、昨日のかな？」

「ぎゃう？」

俺が首を傾げたら、ゴンスケも真似して傾げる。

「でも、ニュースって？

え、なに、俺が特進クラスの連中を怪我させたとか、そんな感じで報道されてんの？」

『……………え、うそ、マジで何も知らないの？』

「ニュースは見てない」

『ハア。

もういい。あ、でもこれだけは聞かせて。

なんで、何もしなかったの？』

「だって、相手刃物持ち出してきたし。たかだか魔力ゼロの底辺男子高校生の土下座でカタがつきそうだったから」

『はい、嘘。どーせ、あんたのことだから余計なこと言ったんでしょ』

「余計なこと、余計なこと？　あー、百姓を馬鹿にしておいて数の暴力振りかざしてきたから、お前らそれブーメランだかんな、的なことは言った気がする」

『あー、はいはい。だいたいわかったわ。とりあえず、彼女さんに迷惑だけはかけないように。つぎ、実家帰ったら紹介しなさい』

と、一方的に言われ電話は切れてしまった。

そして、俺はまた首を傾げる。

「彼女？」

誰のことだ？

と、俺の呟きに何故かゴンスケが騒ぎ始めた。

「ぎゃう!?　ぎゃっぎゃっ！！？」

尻尾でベシベシ叩かれる。

なんなんだよ、ほんと。

と、祖母が軽トラのエンジンをかけた。

とりあえずベシベシしてくるゴンスケを荷台に乗っけて、来た時と同じようにリードで繋げる。

「ぎゃっぎゃっぎゃ、ぎゃうるるるぅ!!」

おい、話はまだ終わってねーぞとばかりに騒ぐ。

「珍しく興奮してるね。発情期かい?」

祖母が運転席から言ってくる。

「さぁ?」

「でも、アレだね。もしそうなら早めにお嫁さん見つけるか、去勢した方がいいかもね」

「そうだね。でも、ドラゴンって育てにくいらしいし。

それと婆ちゃん、ゴンスケは雌らしいよ。マサが言ってた」

「マサ?」

「ほら、今はもうやめちゃったけど、カジロンの家の子」

俺が説明すると、祖母は理解したようだ。

ちなみに【カジロン】というのは、マサの苗字ではなく屋号である。

俺の住む田舎では、苗字より屋号で話した方がどこの家かすぐ相手に伝わるのだ。

マサの家は、三年くらい前まで駄菓子屋だった。

「あぁ、あの駄菓子屋の倅か！」

店を切り盛りしていたマサの婆さんが亡くなって、店を畳んだらしい。

まぁ、俺とマサは保育園も一緒だったりしたので所謂幼なじみの関係なのだが、高校が別々になってからは普通に疎遠になった。

「あんたよく遊んでたよね～」

「まぁ、そうだね」

15

「あー、これか」

SNSなり、動画サイトなり、あとはウェブ記事なりをチェックすれば良かったんだろうけど、帰宅してすぐに何故かむくれてしまったゴンスケに携帯端末を取られ、充電が切れるまでゴンスケがハマっている動画を観まくったため、姉ちゃんが言っていた動画を俺が確認できたのは、午後六時のニュースでだった。

「見事な土下座だなぁ」

隣で父も感心している。

ちなみに、全国区のニュースだからだろうか俺を蹴りつけていた連中の顔にはモザイク処理、ついでに声も加工されていた。

「でも、ちょっと心配だなぁ。この子達。

手や足、大丈夫だったんだろうか？」

「慰謝料の請求来てないからたぶん大丈夫なんじゃない？」

「結構な会社の子達だからなぁ。怪我させて慰謝料請求されたら首つるしかなくなるわ」

父が不謹慎な冗談を言ってケラケラ笑っている。

「あ、新しい動画だ」

「あー、なるほど他にも被害者がいたのか」

ニュースキャスター曰く、テレビ番組が独自入手した動画が流れている。

父は、続けた。

「でもお前良かったな。こうして謹慎で家にいるから学校のゴタゴタに巻き込まれないで済んでる」

「いや、わかんねーよ？

明日には、テレビの取材が押し寄せるかも」

なんて話していた翌日。

ジュースとお菓子を手土産に、何故かマサが押しかけてきた。

「ゴーン？　ゴンゴン？　ゴンスケー⁉」

出迎えた俺にお菓子とジュースの入ったコンビニの袋を押し付けて、マサはゴンスケを呼ぶ。

「ぎゃう？」

ひょこっと、家の奥からゴンスケが顔を出した。

「お、居たな！　うぉ、ポンもまだ生きてたのか‼」

ゴンスケと一緒にポンが出てきて、マサがヅカヅカと家に上がっていく。

「お前、長生きだなぁ」

ポンは、マサが近寄ると体をゴロンと転がして、さぁ撫でろのポーズ。

「よしよし、よーしよし」

ゴロゴロとポンの喉が気持ち良さげに鳴った。

そんなマサに俺は尋ねた。

「お前、学校は？」

「はは、大人みたいなこと言うんだなぁ」

「…………」

「いやぁ、お前が虐められて自宅で傷を癒してるってニュースで見たからさ。心配して見舞いに来たんじゃん。泣いてるかなと思ってさ」

意外だ。

「誰が泣くか。お前、ニュースなんて見るのか」

「失敬な。普通に見る」

「……まぁ、いいや」

そうして、俺はマサを自室へ案内する。

しかし、

「あー、その前に手洗わせてくれ」

猫を触ったから、手洗いが先だった。

＊　＊　＊

彼女、アストリアの携帯端末が震えた。

テツとは違い、安全のために、彼女にも自宅待機が言い渡されていたのだ。

「あ」

嫌われたと思っていた相手からの、メールだった。

昨日もそうだった。

ここ数日で知り合って、親しくなり始めた相手からのメールだった。

昨日も、いつも通りに画像を送ってくれたのだ。

アストリアが好きだと言った、でも家庭の事情で飼えないペットの画像を、彼は――テツは今日も送ってくれたのだ。

家柄が絡むと、友達になってくれた今までの子達は彼女から離れていった。

こんなことは、大なり小なり今まで彼女は経験してきた。

だから、きっと今回も、と思っていた。

でも、彼は違った。

たった数日の付き合いだ。

ニュースで彼が受けた暴行の動画も観た。

情けない、とかそんなことは不思議と思わなかった。

それなのに、なんてことは無い彼女のわがままを聞いてくれている。

【ありがとうございます】

それだけじゃなくて。

【大丈夫ですか？】

【怪我の具合はどうですか？】

【ごめんなさい】

いろんな言葉が浮かんでは消えていく。

でも、結局、考えすぎて、簡単な返信しか思いつかなかった。

安全のための自宅待機だ、と言われている。

でも、彼女は知っていた。

否が応でも知ってしまったのだ。

二日前に校内で起きた暴力事件。

それが、一部の報道で学生同士の痴情のもつれが原因らしいと流れたからだ。

規制音が入り、修正された動画ではなく、なんの加工もしていない動画をアストリアも別ルートで観たから、その中心に自分がいることを知ってしまった。

返信のメッセージに、【ごめんなさい】とだけ書いて送る。

少しして、返事がきた。

そこには、顔文字とともに、【なにが？】とだけ書かれている。

続けて、【画像のことなら気にしなくていい。送らないでほしいなら連絡を】とも書かれていた。

淡白だった。

でも、それが、普通で。

普通すぎて、少しだけ嬉しくなってしまった。

16

「で、お前彼女いんだろ?」

「姉ちゃんも言ってたけど、何の話だ?」

古い家庭用ゲーム機を引っ張り出し、昔はよく遊んだ対戦ゲームをやりつつ、時々お菓子、ジュースを飲み食いする。

「ニュースだと音声とかに修正が入ってて、動画サイトで元動画観たんだよ。ばっちり、女の子の名前、えーと、アズ?　アルト?　とかいう名前がそのまま出てた。

はい、俺の勝ち」

「ちっ」

「で、彼女の画像とかないの?」

「彼女なんていねーし。そもそも、魔力ゼロの将来性皆無男と好き好んで付き合おうとか言う奴いねーよ。

いたら、逆に怪しいだろ」

「えー、じゃあ動画で出てきた名前ってなんなん?」

「ん?　あー、猫と魚と爬虫類好きな変わった女子がいて、ゴンスケのこと知って画像見せてーっ

チップス

て言って来たんだけど。たぶんその子のことじゃね？

なんかすっげー金持ちらしいけど、よく知らん」

「友達？」

「いや、ペット画像送ってるだけ」

「友達じゃねーの？」

「よっし、俺の勝ち!!」

「あ、くそっ！」

ゲームをしながら、そんな会話を続ける。

と、携帯端末が震えた。

「なんか携帯来たんじゃね？」

「えー、タイムな、タイム」

「おう」

ゲームを一旦休みにして、俺は放置していた携帯を手に取ると中を確認する。

噂をすれば影だ。

アストリアさんからのメールだった。

ゲームをする前に送った画像に対する返信だった。

「…………？」

最後に、何故か謝罪の言葉があって意味がわからなくて俺は首を傾げる。

少し考えて、【なにが？】と書いて。

すぐに画像を撮って送る手間のことかと思い至る。

なので、気にしなくていいという旨のことも書いて返信した。

すると、今度はたったひと言【ありがとうございます】と返ってきた。

そして、また携帯を放置する。

ゲームのコントローラーを握り直しながら、俺はちらりと横で丸まっているゴンスケとポンを見た。

「なぁ、ゴンスケというか、ドラゴンの雛を捨てる理由ってなんなんだろうな？」

「どした、急に？」

「いや、ゴンスケって価値があるよな？

ドラゴンってだけで、金持ちは喉から手が出るほど欲しがるだろうし。

で、俺はトカゲだと信じて疑ってなかったけど、見る人が見たら雛ってわかるだろうし」

コントローラーをカチャカチャやりながら、俺の言葉を聞いていたマサが答える。

「そうだなぁ。

いくつか理由は考えられる。

たとえば、何らかの理由で飼えなくなった。

お前みたいにステータスが見えず、トカゲとして飼ったけど何らかの理由で飼えなくなって捨てた。

それと、んー、そうだなぁ。

品質が良くなくて捨てた」

「品質？」

「ほら、鯉とかも柄とかで値段がついたりするじゃん？

あとは、血統書とか気にする奴もいるし。

高値が付かなくて、他に貰い手も無くて袋に入れて捨てた、とかな」

「…………でも、ドラゴンってだけで買い手が付きそうなものだけど」

「まぁ、これはあくまで俺の想像だけど。

案外、その辺の子供がそれこそトカゲと思ってイタズラでコンビニの袋に入れて放置したとかじゃね？」

「…………」

「なに、なんか気になることでもあんの？」

俺はゲーム画面を見ながら、返した。

「いや。ほらここまで育つのも珍しいらしいからさ。

実は自分のドラゴンだ、返せとか言う奴が現れたら面倒臭いなって思って」

「いねぇだろ。いたらとっくに来てると思う」

俺は、マサの言葉に少しだけホッとして、会心の一撃をマサの操るキャラクターへ叩き込んだ。

「あ、てめぇっ！　ズッコイぞ!!」

「はい、俺の勝ち」

17

謹慎が始まって初の世間の休日。

「あ、あの、その」

来客があったので玄関を開けると、黒服とサングラスをかけた怖いお兄さん達に囲まれたアストリアさんがいた。

「宗教と押し売りなら間に合ってます!!」

「え、ええ?？！」

俺は勢いよく扉を閉めた。

「あの、私、アストリアだよ！」

「いえいえ、うちのような豚小屋、財閥のお嬢様が足を踏み入れるような場所じゃないので!!」

と、そんなやり取りをしていると、

「おっすー、来たぞー」

と、マサの声。

本来なら今日はリーチとツカサが来る予定だったのだが、一連の騒動で遠慮したらしい。

なので、予定が空いてしまいまたマサと遊ぶ約束をしたのだが、まさかこんなことになろうとは。

「と、お客さん？」

「あ、はい」

「もしかして、噂の彼女さん？

テツの奴、俺というものがありながら浮気とは」

なんか誤解を生みそうな発言をマサが始める。

気配だけでわかる。

黒服のお兄さん達がどよめいた。

動揺したのは、アストリアさんも同じだった。

「え？　それって」

「そそ、俺、テツのこい――」

ばんっ!!

「悪質なデマを流すんじゃないっ!!」

勢いだけで扉を開け、俺はヅカヅカとマサへ歩み寄る。

ペシんっと、馬鹿なことを口走っていたマサの頭を小突いた。

「お、出てきた」

「ニヤニヤすんな！」

と、外で騒いでいるとそんな俺の背後で、黒服さん達がまたもざわついた。

今度はなんだ。

俺がそちらを見ると、ゴンスケが顔を出していた。

「あああ～!! ホントにいた!!」

ホンワカとした、むしろ花でも飛ばしそうな空気でアストリアさんがゴンスケを見て感動していた。

ゴンスケはというと、少し鼻をフガフガさせたかと思うと唸りはじめた。

ゴンスケの唸りに黒服さん達が反応する。

「ゴンスケ！　めっ!!」

「グゥルルルっ」

唸って、しかしすぐに不満そうな顔を俺に向けると家の中に引っ込んだ。

威嚇だよな、今の。

「あっ」

ちょっと残念そうにアストリアさんが声を漏らす。

と、入れ替わりでまた扉が開いて、ポンがぽてぽてと出てきた。

そして、ゴロンっとアストリアさんの前で寝っ転がった。

地面に背中をこすりつけ、ゴロンゴロンと体を転がせる。

アストリアさんが、俺を振り返り、目をキラキラさせて聞いてきた。

「な、撫でても良いですか?!」

「そいつは、人懐っこいんでどうぞ」

ポンは今のところ、尻尾を引っ張ったり変なことをしなければ噛みついたり引っ掻いたりはしたことはない。

「じゃあ、俺は先に上がらせてもらうぞ」

飄々とマサが言って、我が物顔で俺ん家に入っていく。

猫は癒し効果があるのだろう。

黒服さんの空気も和やかなものに変わっている。

一番マッチョで強面の黒服お兄さんも触りたそうにうずうずしている。

「えーと、それでアストリアさん。

今日はなんの用でこちらに?」

黒服さん達の手前、精一杯丁寧な言葉遣いで尋ねる。

「えーと、その。

今回のことをちゃんと謝ろうと思って」

「?.」

「私が、貴方に話しかけたせいで、迷惑をかけたから、その」

「???

え、なんで、話しかけたせいで迷惑に?.」

「今回の謹慎。貴方は何も悪くないのに」

「あ、それか。別に気にしなくても」

「だ、だって、怪我をして、家で療養してるって。

それに、正当防衛であの生徒達を怪我させたから、それもあって今回のことになった、と。

怪我は、もういいの?」

「大丈夫大丈夫。俺、頑丈だから。

それと、訂正しておくと俺が出したのは口で、手は出てないから。相手も怪我はしてないよ」

つられて、俺はいつも通りの口調になる。

黒服さん達は、見た目的には気にしていないようだ。

「でも、アストリアさん。よく俺の家がわかったね」

「リーチさん達に教えてもらいました」

個人情報保護的にアウトだな。

まぁ、いいけど。

「そ、そういえば、さっきのダークエルフさんは、どんな関係なの？ ホントに恋人、とか？」

女子は異性同性問わず色恋話が好きだからなぁ。

しかし、その期待を叩き折る。

「ただの幼なじみ。俺なんかに恋人が出来るわけないだろ」

「え、それって」

「……アストリアさん、俺の悪い噂とか聞いてない？」

ふるふると、アストリアさんは首を横に振った。

「魔力ゼロの将来性皆無男。

肥溜め臭い下賤な奴」

冗談混じりにやんわりと言えば、アストリアさんは顔を青ざめさせた。

「別に今の時代、魔力ゼロだからって奴隷にはならないけどそれなりに苦労するというか」

「わ、私は、貴方のことをそんな風に思ったことなんて」

「知ってる知ってる。

ただ、それくらい俺の評判は悪いってこと。

逆に、俺と話してるとアストリアさんの評判も下がると思うから気をつけてねって話だから」

「私のことは気にしないで。あと、せめてこれを受け取ってくれると嬉しいな。お見舞いの品なんだけど」

「え、いいよ、逆に悪いし」

そうして渡されたのは見事なメロンだった。

それも網目のやつだ。

「いいから」

「ありがと。あ、ちょっと待ってて」

俺は一旦庭から農作業小屋へ回ると、小屋に転がってる野菜を適当に見繕って、裏口から台所へ入り適当なスーパーのビニール袋にその野菜を詰めると、玄関に戻ってその袋をアストリアさんに渡す。

「これ、良かったら護衛の皆さんと分けて」

うちで採れた野菜である。

「え、でも」

「いいのいいの、どうせ毎年食いきれなくて腐らせるし。

というか、文字通り腐るほどあるし」

なんて言ったら、受け取ってくれた。

黒服さん達も土つきのイモやら玉ねぎに興味津々である。

とりあえず、俺へのお見舞いの品を渡すのと謝罪が目的なのは本当だったようで、逆に野菜を渡されたことに驚きつつアストリアさんは帰っていった。

18

「よっ、おかえりー。お前の彼女可愛いなぁ」

「彼女じゃねーし」

俺の部屋で我が物顔でくつろいでいるマサに俺は言った。

すると、マサに撫でられていたゴンスケが俺のところまで寄ってきたかと思うと、尻尾でベシベシ叩いてきた。

「痛っ、なんだよお前？」

「グゥルルル！　ぎゃうっ！」

唸って叫んで、俺の横で不貞腐れたように丸まってしまった。

「妬いてんじゃね？」

マサがそんなことを言った。

ぺしんぺしん、とゴンスケが床を尻尾で叩いている。

「は？　何に？」

「お前が可愛い女の子と話したから」

「まさか」

ナイナイ、と俺が言うと。

「ぎゃうっ！」

バシンっと一際強く、ゴンスケが俺の背中を尻尾で叩いてきた。

「ほら、絶対妬いてるって」

＊　＊　＊

どうしてこんなことになったのだろう？

彼は不思議でならなかった。

同時にとてもイラついていた。

自分を取り巻く理不尽に。

彼は、身分の低いドブネズミに常識を教えただけだった。

常識を知らない人間以下の存在に、世間の常識を普通を教えてやったのだ。

それなのに、どうして。

目の前には、多くの報道陣。

カメラがズラリと並んでいる。

視線が彼に集中する。

これは、謝罪会見だ。

事が大きくなりすぎた。

だから、形だけでも頭を下げろと言われた。

そうすれば、体裁だけは保てるから、と。

何故、自分が頭を下げなければいけないのか。

常識から外れた行動を取ったのは、あの肥溜め臭いドブネズミじゃないか。

悪いのは自分じゃない。

悪いのは、あのネズミだ。

薄汚い、百姓のネズミだ。

本来、ここで頭を下げ、現実でもネットの世界でも石を投げられ叩かれ、断罪されるべきなのは、アイツなのに。

しかし、彼の目の前に広がる現実は、ただただ彼を悪者扱いしてくる。

それが、納得出来なかった。

彼――テツに土下座をさせ、その頭を踏みつけてグリグリとやった生徒、つまりは有名な魔法杖メーカーの未来の三代目社長もしくは会長予定の少年は、頭を下げた。

カメラには映らない、その表情は醜く歪んでいた。

本当のことを、真実を社会に突きつけなければならない。

自分に罪を擦り付けた、あのネズミに復讐しなければ気がすまなかった。


謝罪会見のあと、彼はすぐにネズミの個人情報を調べた。

どこに住んでいるのか。

家族構成、その他諸々。

元々、先天的に魔力がないというのは知っていた。

義務教育課程でも落ちこぼれで、障がい児として隔離されていたこともわかった。

その父親は、どこにでもいる中間管理職。

母親はスーパーマーケットでパートタイマー。

同居している祖父母は、専業で農業をしている。

それなりに銀行から借り入れもしているらしい。

圧力をかければ、すぐに潰れてしまう、路頭に迷う者達だ。

後ろだてすらない、下賤な犬の群れ。

しかも祖父母は亜人ときている。

純血な人間ではない。

穢れた亜人の血が入っている、人間。

いや、亜人の血が入っているからこそ人間以下の落ちこぼれなのだろう。

彼は、謝罪会見をしたその日の夜に行動を開始した。

19

「アッハッハッハッハッ、会社クビになった」

昼。

パスタを祖父母と食べていると、まず、こんな時間に帰ってくるなんてことない父が帰宅して開口一番笑いながらそう言った。

「えー、また？」

今から四年くらい前にも、不景気でリストラが横行した際に父はクビを切られている。

その後、仕事を転々としつつなんとか今の会社で中間管理職の地位に三年足らずで就いたというのに。

「というわけで、ハロワと役所行ってくるわ」

とりあえず、就職と解雇を繰り返したためか変にはっちゃけてしまった父はあっけらかんと言って、また出かけていった。

「お祓いしてもらった方がいいのかね？」

祖母がさすがに心配そうに呟いた。

父は、昔から、それこそ子供の頃から不幸というか不運体質だ。

それは、かなり強力で、もはや呪いといってもいいくらいである。

犬の糞を踏む、痴漢と間違われる、冤罪だって両手両足の指を足しても足りないくらい経験し、不運に見舞われている。

祖父母は、半分本気で父の結婚も、そして孫の顔も諦めていたらしい。

父の恋愛遍歴は、祖父から聞いた話だがそれは酷かった。

最初の彼女は寝盗られて、二代目の彼女にはＡＴＭにされ、三代目の彼女には嵌められ危うく前科持ちになるところだったとか。

四代目の彼女には、売られそうになり見ず知らずの男性に掘られそうになったりもしたとか。

逆に父さん、よく女性恐怖症や人間不信にならなかったな。

それで母さんを射止めたんだから、人生何が起こるかわからないもんだよなぁ。

それでも不運であること以外は平々凡々な、どこにでもいる中年太りのオッサンである。

「あ、そういえば、昨日なんかあんたが喧嘩した子が、テレビで謝ってたよ」

「へ？」

何の話だ？

俺は意味がわからず、祖母に聞き返した。

「ほら、あの喧嘩。一方的なイジメ扱いになったみたいで、それも親の会社が有名だから、謝罪会見開いたみたい。

うちにも、謝りに来たとか言ってたけどちゃんとお茶出した？」

祖母は、自分達が畑仕事で家を空けている時に来たと思っているようだ。

「いや、来てないけど」

「え、でも二日くらい前に、高級車がうちの近くに停まってたけど、アレ違うの？

あと、立派なメロンも貰ったって」

あー、アストリアさんのことと勘違いしてるのか。

「違うよ。それは、知り合いが俺が喧嘩して怪我したと思ってお見舞いに来たんだよ。

メロンもお見舞いで持ってきてくれた。

貰いっぱなしでも悪いから、小屋にあったイモ渡した」

「そうか。あのメロン美味しかったな。

改めて、よくお礼言っとくんだぞ」

祖父の言葉に俺はうなずいた。

その日の夜。

「ちょっと困ったことになった」

夕食の席で、父が困った顔で困った声を出して、そう切り出した。

緊急家族会議アット夕食である。

「会社都合のはずなのに、失業保険が貰えないどころか、なんか俺には仕事斡旋出来ないっぽい」

「え、なんで？」

母が驚いて、訊いた。

「理由聞いても、はぐらかされるし。
とにかく紹介できる仕事は無いんだとさ」

「えー、じゃあ生活どうするの？」

俺はのんびりと尋ねる。

「まぁ、しばらくは冒険者ギルドの方で知り合いに仕事斡旋してもらうことになるかな。
日雇いで、なんとかなるはず」

「父さん、ギルドに登録してたんだ」

「学生時代にな。冒険免許（ライセンス）の方は車の免許と一緒に更新してたから、期限切れにはなってないし。

こういう、なんかあった時用に重宝するからさ、更新有料でも持っといた方がいいんだ」

「へぇ」

「ぎゃうるるるる？」

ゴンスケが会話に入ってくる。

しかし、何を言っているのかはさっぱりだ。

そんなゴンスケの頭を撫でながら、

「ゴンスケのおやつくらい買える甲斐性がないとなぁ」

ペットくらいしか、父に媚びる存在がいないため必死なのだ。

「そうだ、この際お前も登録しておけ。

バイトより稼げたりすることもあるし」

母は特に反対は無いようで、何も言ってこない。

「そうだ、バイト。忘れてた」

どうせ暇だし。

登録するだけしておくか。

【第4章】ギルドに会員登録して、人助けに繋がった話

20

さらに、翌日。

俺は父に連れられ、ギルドへ登録にやってきた。

冒険者ギルド、と呼べば一部には聞こえは良いが、その実態は人材派遣業者である。

仕事内容は様々で働きに応じて階級もあるのだとか。

本当に雑用から、公的機関からの極秘依頼まで様々らしい。

ちなみに、【人材派遣の○○】という呼称よりも【冒険者ギルド】の方が依頼が来るらしい。

ゴンスケの餌代くらいだったら、農家への手伝いか、業者が練度の問題で入れない下水道の奥まで入っての、巣を作っている魔物の駆除（かっこよく言えば討伐）、あとは、やはりそこそこ強力な魔物がいる森や山などでの薬草等々の採取などがあるらしい。

「ほい、これうちの戸籍謄本。受付でこれ出して、登録したいんですけど、って言えばいいから」

雑すぎな説明だ。

「わかった」

父はさっさと、建物の奥へ歩いていく。

そこは、ネカフェのように薄い板で仕切られたパソコンルームだった。

どうやら、あそこで仕事を検索するようだ。

俺は受付へ向かい、父に言われた通りに、

「すいません。登録したいんですけど」

と、受付嬢のなんというか横に広いお姉さんに言って、戸籍謄本を渡した。

少しキツめというか、強そうな女性だ。

すると、

「登録？」

何故か睨まれた。

そして、ジロジロと頭の先から爪先まで見られて。

「あんたみたいなヒョロい奴が出来る仕事なんてないよ」

戸籍謄本を突き返され、まるで汚いものでも追い払うかのように、手でシッシッとされてしまう。

「え、でも」

「何度も言わせるな。ここは子供の遊び場じゃないんだ」

「登録出来ないんですか？」

「しつこいね。出来ないものは出来ないんだよ！」

何をカリカリしてるんだろう？

「えっと、何故なのか教えてもらってもいいですか？」

「そりゃあ、ステータス表示の出てない人間なんて怪しいからね。信用出来ないからさ。それに、そういう隠し事をする輩は貧乏人の犯罪者って決まってるんだよ」

決まってるんだ。

「わかったらとっとと帰った帰った」

「…………」

いや、確かにうちは裕福ではないけど、こういう差別ってたしか違法だったはずだけど。

まぁ、いいか。

別のバイトでも探そう。

「なに、言いたいことがあるならはっきり言いな」

「いえ、別に」

俺が、父を探しに行こうと体の向きを変えた途端。

けたたましい音が鳴り響いた。

そして、どこからともなく警備員さん達が出てきて、あっという間に床に押さえつけられてしまった。

「？？？」

「大人しくしろ！」

訳がわからず、俺は警備さん達を見る。

警備員さん達は、受付のあの女性から事情を聞いている。

ちなみにさっきのクソうるさい音は警報音だったようだ。

「ええ、そうなんです。

登録出来ないとわかると、急に怒り出して検索室へ行こうとしたんです。

ステータスの表示もないし、泥棒に決まってます!!」

ヒステリックに言われるが、俺は冷静に事実を告げる。

「…………いや、一緒に来た父があそこにいるので探そうかと思って」

「絶対に嘘です！　こんな犯罪者の父親なんて仮にいたとしても碌でもない人間に決まってます!!

早くつまみ出してください!!」

警備さん達に無理やり立たされ、奥の部屋に（たぶん、事務所か警備室）強制連行されそうになる。

と、そこで父が戻ってきてくれた。

「あのぅ、すみません。ウチの子が何かしましたか？」

鋭い眼光で警備員さん達が父を見る。

受付嬢もだ。

しかし、父を見るやいなや、空気が変わった。

なんというか、戸惑いによるざわつきが大きくなった。

「なんの騒ぎだ」

と、今度は熊みたいな、ごついオッサンが現れた。

「あ、カリエルさん。お久しぶりです」

熊みたいなオッサンに、父がペコリと頭を下げる。

「え、お前、まさか!?」

ごついオッサンが父を見て、あからさまに驚いた。

なんだ、父さんの知り合いか。

「魔神殺しのウルクか?？！！」

さらにざわつきが大きくなった。

父さん、今は普通だけど、学生時代にヤンチャしてたのかな?

ちなみに、ウルクというのは父さんの名前である。

「あはは、懐かしい呼び名ですね~。でも、この歳で呼ばれると恥ずかしいですね」

頬をポリポリ掻きながら、父が困ったように返した。

警備員さん達から、『あの英雄の？』とか『うわ、俺ファンなんだよ』とか『サイン貰おうぜ、サイン』とか、なんかミーハーな言葉が聞こえてきた。

俺はいまだに取り押さえられたままだ。

そんな俺に気づいた父が不思議そうに、その場の全員へ聞いた。

「それで、ウチの倅が何か？」

あれ？

父さん、顔は笑ってるのに目が笑ってないな。

珍しいな、怒るの。

21

四度、なのだという。

四度、父はそれぞれ別個体ではあるが伝説級の魔神を退治したことがあるらしい。

そんな父の黒歴史には生憎興味はないので、カリエルさんの話を俺は聞き流す。

今はゴンスケの餌代確保と、父の収入確保が先決である。

「ありがとうございました」

カリエルさんはこのギルドの、所謂ギルドマスターらしく、ようするに一番偉い人らしい。

あの後、俺と父は別室——おそらく応接室——に通され、騒ぎについてカリエルさんから説明を求められた。

起こったことを素直に全部話すと、父が笑顔のまま青筋をこめかみに浮かせた。

まあ、とりあえず、俺の話を聞いたカリエルさんが信じてくれたおかげで無事登録が出来た。

受付嬢の態度については、丁寧に謝罪をされた。

まぁ、慣れてるから別にいいけど。

「ライセンスじゃなくて、登録カード？」

渡されたカードを見ながら、俺は呟いた。

父が説明してくれた。

それによると、ライセンスを取得しているものはプロで、そうでないものはアマチュアと区別しているのだとか。

ライセンスの取得には条件を満たして試験を受け、合格する必要があるのだとか。

俺はアマチュアなので登録カードとなっている。

ライセンス保持者の方が、様々な特典が付いていて待遇が良い。

「雑用くらいだったら登録カードで手続き出来るんだ」

「なるほど」

「あぁ、そうだ謝罪ついでに言っておくと、今回みたいな差別とか偏見によるトラブルがあったらまたすぐに伝えてくれると助かる。

おかげで、クレームの原因が一つ片付いた」

ということは、あの受付の女性、他にも似たようなことしてたのか。

「わかりました。でもよく信じましたね？」

「まぁ、あの英雄ウルクの倅がそんなことするわけないと信じてるからな」

そんなザルでいいのか。

まぁ、ここは言葉に甘えておこう。

どーでもいいが、【神童も二十歳過ぎればただの人】とよく言うが【英雄も二十年過ぎれば、ただのオッサン】なんだよなぁ。

普段、母の尻に敷かれている父からは、英雄っぽい威厳もオーラもあったもんじゃない。

でも、子供にすら相手にされなくなって、ポンにデレついてるあの父が英雄ねぇ。

家だと、ポンちゃーんなんて呼んでるあの父が。

ゴンスケ～、ほら餌だよ～とか言ってるあの父が、英雄ねぇ。

「そうですか」


……

とりあえず、あとは簡単に検索室で父に検索の仕方を聞いて、俺は仕事を探してみた。

「なんかいいのあるか？」

そう聞かれ、

「これかなぁ、自転車で行けるし。期限まで長いし」

俺は備え付けのプリンタで依頼書をプリントする。

「お、父さんの依頼先と近いな。

よし、早速行ってみるか」

「父さんの依頼ってなに？」

「んー？　人探し」

あ、手伝えってことか。

だから、一緒に行くのか。

ちなみに俺が選んだ依頼は、山での山菜採りだった。

その山を所有している人が高齢で、山に行けないので代わりに採ってくるというものだ。

しかし、山で人探しとは。

迷子か遭難だろうか。

一旦家に帰って、必要な装備を整える。

すると、いつの間にかゴンスケが付いてきたそうにこちらを見ていた。

しかし、父が、

「ゴンスケはまた今度だなぁ。

今日は軽トラじゃないから、万が一にも糞とかされたら大変だし」

「きゅうるるる〜」

少し残念そうな声を出すゴンスケはそのままに、玄関に鍵をかける。

そして途中のコンビニで弁当と飲み物を買って、父の運転する車で目的地までやってきた。

そこで、父から紙を三枚ほど渡される。

それぞれに、人相の悪い男性の顔写真がプリントされていて、下には数字が記載されている。

「…………」

どこからどう見ても、指名手配犯の手配書だった。

「とりあえず、今月の支払いなんとかしないとだからさ、手っ取り早く大金が稼げるやつにした」

【平々凡々の冴えないリーマンだと思ってた父親が、結構ぶっ飛んでた件】とかいうタイトルでノンフィクション小説でも書けば売れるかな？

そもそも、子供に手伝わせる仕事内容じゃないだろ。

22

「でもさー、こっちの方が稼ぎが良いなら、ずっと冒険者してれば良かったのに、なんでやめたの？」

鬱蒼とした森の中。

父に付いて行きつつ、俺はそんなことを聞いた。

「いや、収入安定してないし。あとは歩合、出来高制だったってのと、保障とかまぁ色々考えて安定した収入が入る就職を選んだんだよ」

あー、たしかに怪我とかして依頼受けれなくなったら命取りだもんな。

「そういや、今更だけど母さんも冒険者だった？」

「あー、うーん、まぁそうかな？」

なんだなんだ、歯切れが悪いな。

子供に馴れ初め聞かれるのが恥ずかしいのかな。

「と、国道だ」

どうやら道に出たようだ。

コンクリートで舗装された国道が南北に延びている。

「あ、父さん、アレ」

俺は、すぐ近くに停まっていた車を指差す。

黒塗りの高級車だ。

タイヤがパンクしている。こちらから見ると、後輪が二つともぺたんこになっている。

そして、不自然にガタガタと揺れていた。

「お前はそっちの森に入って待ってろ。その木の陰がいい」

「？

わかった」

不思議に思いながらも、俺は言われた通りにする。

そして、俺が木を背もたれにするのと、罵声と銃声、そして爆発音のようなものが聴こえてきたのは同時だった。

数秒か数分か。

しばらく木の陰でじっとしていると、ひょっこりと父が姿を現した。

そして、

「携帯貸してくれ。それとしばらく道路には出るな」

「ん」

俺から携帯端末を受け取ると、どこかにかけ始めた。

さらに数分後、警察官が空間転移で現れたらしく、父親が説明をしに行った。

さらに待つこと数分。

「もういいぞ」

父の許しが出たので、俺は道路に出た。

すると、最初に見た時よりもなんというか酷い状態の車が目に入った。

車ごと爆発、炎上したようだ。

車の横には、担架があり水色のシートで覆われていた。

よく、ドラマや事件事故のニュースで見たことのある遺体に被せるやつである。

担架は全部で五つ。

「…………」

やがて、その担架は空間転移でどこかへ運ばれていった。

父が、警察官と二言三言話すとその場は警察の担当になったのか俺を連れて再び山の中へ。

「冒険者って、人、殺すんだね」

「時と場合による。

軽蔑するか？」

「んー、よくわかんないや。

でも、出来るなら俺はああいう仕事はしたくないなぁ。

というか、絶対出来ない」

「そうか」

「うん」

「それで、いい」

俺は、さっき父が何をしたのか見ていない。

父が見せないようにしたからだ。

祖父母の監督の下、食材を生きたまま処理したことなら何回もある。

今でこそ慣れたが、鶏肉なんかは精神的にキツかった。

人の形をしていなくても、そうなのだ。

この仕事、冒険者の仕事で荒事は俺には向いていない。

それが早めにわかって良かったと思う。

「俺、手伝いか採集依頼限定にしよ」

「それがいい」

と、ふと考える。

どうして、父はこんな教育によろしくない仕事を選び手伝わせようとしているのだろうか？

「…………実はタカラは、逆に張り切ったんだ」

「姉ちゃん？」

「そ、出来ることと出来ないことがわかるだろ。

タカラは平気だった」

姉もこんな仕事を手伝ったのか。

そして、平気だった。

「俺は姉ちゃんじゃないし」

「わかってるって。あとは、まぁ社会勉強だよ。

一部の世間で言われてるほど、凄い仕事でも、綺麗な仕事でもないからさ」

「ふーん」

もしかしたら、父は黒歴史を俺に知られたから急遽連れてくることにしたのかもしれない。

依頼を受けて一旦家に帰った時、俺は自転車で、それも好きな時に仕事に行けば良かったのだから。

父一人でもなんとか出来る仕事をわざわざ手伝わせる必要がない。

逆に、俺という荷物が増えると動きにくくなるだろうし。

英雄として持て囃されようと、目立とうとする者はきっと多い。

動画投稿サイトですら、再生数を稼ぐためにかなり危険なことをする人がいるくらいだ。

わざわざ確認はしないが、なんとなくそうなんじゃないかと俺は勝手に思った。

これは息子が実力主義の冒険者稼業で変な夢を見ないようにするための、現実を見せるための社会勉強なのだと。

23

床に引きずり倒され、服を破かれてしまう。

怖くて、痛くて、叫びたいのに声が出ない。

彼女に馬乗りになったのは、凶悪犯で有名な男達の一人だ。

首筋から胸へ男は舌を這わせる。

どうしてこんなことになったのか、彼女は屈辱と恐怖に耐えながら思い出す。

それは、現実逃避だった。

一国の王女たる彼女が心を壊さないための、現実逃避。

襲われたのだ。

お忍びで、留学中の国の街が見たい、そんな些細なわがままだった。

その情報がどこからか漏洩したわけではない。

襲撃は偶然だった。

彼女を乗せた車は高級車で、さらに見る人が見たら特殊な加工がされている車だとわかったはずだった。

並の盗賊だったらまず襲ってこない、そして万が一にも襲われたとしても、乗っている者を守ってくれる車だった。

しかし、現実は想定外の力量を持った盗賊に襲撃された。

そして、盗賊達は彼女の側仕えだった者と御者、精鋭であるはずの護衛、計三人を殺し、彼女の目の前でおぞましい行為を見せつけた。

そして、彼女もその行為を強要されている。

違いは死んだままか生きているかくらいだろうか。

盗賊は全部で三人。

一人は、この掘っ建て小屋へ彼女を連れてきて今まさに行為に及んでいる男。

残りの二人は、車に残ってあのおぞましい行為を続けるようなことを言っていた。

欲の捌け口にさえなれば、なんでも良いのだろう。

『すみませーん』

と、外から若い、少し幼さが残る声が聞こえてきた。

まさにこれから、彼女自身も見たことはおろか触れたことすら無い場所を蹂躙されるところでの待った、だった。

『誰か、いませんか？

あれ？』

扉には鍵はかかっていなかったようで、声の主が不思議そうな声を出す。

そして、扉が開く音が彼女にも届いた。

「あ」

声の主が、驚きと戸惑いが混じったような声を出した。

「なんだ、ガキかよ」

盗賊は呟いて、すぐ側に置いておいた斧を手にし、彼女から離れると下半身はそのままに声の主へ襲いかかった。

「へ？」

声の主が、さらに間の抜けた声を漏らした。

「に、にげて――――っ!!」

彼女が咄嗟に大声を上げる。

しかし、遅かった。

慌てて体を起こした彼女は見た。

凶悪な斧が、声の主らしき少年へ振り下ろされるのを。

がっきん！

世にも不思議な音がして、彼女は目を点にする。

本来なら、斧が少年の脳天を叩き割っているはずだった。

そして、少年の頭の中身がぶちまけられ、凄惨な光景が広がるはずだった。

「…………へ？」

「え？」

盗賊の男と、少し遅れて彼女も間の抜けた声を出した。

そのすぐ脇には、折れた斧が落ちている。

「？」

彼女とそう歳の変わらない、斧を振り下ろされた少年も、不思議そうな顔をしている。

なんともいえない沈黙が流れる。

その一瞬の沈黙の間に、少年は盗賊の男と奥にいたあ、ら、れ、も、な、い格好の彼女を交互に見る。

そして、

「はい、おじさんちょっとどいてねー」

なんて言いながら、盗賊の男に足払いをかける。

大の男がそれだけでひっくり返った。

ひっくり返った男のムコウズネを両方とも、少年は蹴りつけた。

盗賊の男が痛みでのたうち回る。

しかし、それに構わず、少年は上着のポケットから携帯端末を取り出すと、電話をかけはじめる。

よく見ると、少年はそこそこ大きなカバンを背負っている。
すぐに相手が出たようだ。
「あ、父さん？
うん、手配書のリーダー見つけた。
で、なんか女の子もいるみたい、うん、うん、わかった」
少年は電話を切ると、安心させるような笑みを浮かべて彼女へ声をかけてきた。
「ちょっと失礼するよ」
なんて言って、彼女に触れてくる。
いまだ呆然としている彼女はされるがままである。
少年は、そのまま軽々と彼女を抱き抱える。
と、盗賊の男が痛みから復活した。
「んの、糞ガキがァァ嗚呼!!」
盗賊の男が殴りかかってくるが、それをひょいと躱して少年は小屋を出た。
小屋の外に出ると、少年と顔立ちが似た三十代から四十代ほどの男とすれ違う。
その手には、刀剣。
東の果てにある島国で独自の進化を遂げた、刀と呼ばれる武器だ。
「お、無事だな。

後ろは振り返るなよ？」

「わかってるよ、父さん」

少年と刀を持った男のやり取りに、彼女は、彼らが親子なのだと知る。

父親の言葉のまま、少年は振り返らずにそのままゆっくりと歩いてその場から遠ざかる。

しかし、彼女はつい見てしまった。

入れ替わりで現れた、少年の父親によって盗賊の男の首が宙に舞うのを。

少し離れた場所で、少年は彼女を降ろすとカバンからレジャーシートを取り出し広げる。

そこに彼女を座らせる。

「怪我はある？」

「………………ふっ、うぅ」

ふるふると、彼女は首を横に振りながら泣き出してしまった。

「大丈夫、もう、大丈夫だから」

言いながら、少年はカバンからひざ掛け用らしき少し小さめの毛布を取り出すと彼女にかけた。

次に、水筒を取り出して備え付けのカップに中身を注いで、さらに別の小瓶からアルコールを少し垂らして渡す。

カップからは湯気が立っていた。

「温かいものを飲むと落ち着くよ」

しゃくりあげながら、彼女はそれを受け取り一口、口に含んだ。

「あ、ありあとう、こらいます」

泣きすぎて、呂律の回らない口調で彼女がお礼を言った。

そんな彼女に、彼はカバンから次々と清潔そうな布やら水の入ったペットボトルやら、運動服のようなものを出しながら返す。

「気にしなくていいよ。

念のためにジャージの替え持ってきといて正解だった。

落ち着いたら、これ汚れを落とすのに使って、そしたらこっちのジャージに着替えてね、あ、ちゃんと後ろ向くから安心して」

「ずび、は、はひ」

ちびちびと、カップの中身を飲んでいると血まみれの父親がやって来た。

なるべく、彼女を見ないようにして父親は少年へどこかへ電話をかけるよう指示を出していた。

24

助けた女の子は、思いのほか元気そうだった。

ゆるくウェーブのかかった金色の髪に、同系色の瞳。

アストリアさん並みに白く、線の細い、まさに折れそうな体をした女の子だった。

歳は、俺と同じくらいかな？

たぶん、まだ現実に思考が追いついていないのだと思う。

とりあえず、自分で汚れを落としたり着替えたりは出来たので、あとは国道まで戻って、呼んだ救急隊に彼女を預ければいいだろう。

国道へ戻ろうとしたら、女の子の足が震えて立てなくなっていた。

「テツ、肩かしてやれ」

「ん、あ、おんぶの方がいい？」

父親の指示に、俺は女の子に尋ねる。

こうも震えていたら、逆にそっちの方がいいかもしれない。

「あ、は、はい、ごめんなさい、お願いします」

俺は、俺の中学時代のジャージを着た女の子を背負う。

俺が持ってきていたカバンは父親が背負う。

どうでもいいが、女の子ってホントいい匂いするなぁ。

こだわりとかあんのかな？

あー、そーだ次の姉ちゃんの誕プレ香水にするか。

そういや、香水っていくらくらいするんだろ。

「あ、あの、テツさん」

「はい?」

「それと、テツさんのお父様も、助けて頂いて本当にありがとうございます」

「気にしなくていいよ、俺は父さんの手伝いでくっついてきただけだし」

どうやら彼女は、あの車に乗っていた生存者らしい。

道すがら、彼女は少し落ち着いたらしく、盗賊には他にも仲間がいること、その仲間に車の同乗者達が殺されてしまったことを話してくれた。

その受け答えをしたのは父だった。

父から、他の盗賊達が死んだことと、犠牲者の遺体は搬送されたことを説明されると彼女は安心すると同時に、鼻をすする音が聞こえてきた。

何か気を紛らわせた方がいいかな。

でも、下手なこと言えないしなぁ。

あ、そうだ。

「君の家、ペット飼ってる?」

「え?」

突然何を言い出すんだ?　と言いたげな不思議そうな声が返ってきた。

「ウチはさ、猫とトカゲがいるんだけど、画像見る?」

「え、トカゲですか?」

あ、爬虫類苦手なのかな?

そうだよなぁ、やっぱり女の子だしなぁ。

普通にドラゴンって言えば良かったかな。

「私、トカゲってちゃんと見たことないんです。

あ、猫は飼ってますよ。犬も」

よし、食いついた!

「じゃあ見る?

携帯に画像あるからさ」

「いいんですか?」

「うん」

俺は片腕で、背負った彼女を支え、もう片方の手でポケットに入れた携帯を取り出すと、アストリアさん用のフォルダを出して画像を表示させて渡した。

「スワイプすれば、色々出てくるよ」

「うわぁ、三毛猫だ、可愛い。

あ、え? トカゲ?」

どうやらゴンスケの画像を見たようだ。

「驚いた?」

「はい、とても驚きました。飼ってるんですか?」

「そう、雛の時にトカゲだと思って拾ったら、ドラゴンだったんだ」

「え、拾って、懐かれたんですか?」

「そう、かなり人懐っこい性格でさ。

ちなみに、猫の方がポンで、トカゲ、じゃなかったドラゴンの方がゴンスケ」

「……テツさんは、とても善い人なんですね」

「へ?」

「ドラゴンは基本懐きにくいんですよ。だから、主人と認めるだけの器があるのだと思います」

なんか、照れるなぁ。

「へへ、ありがとう」

しばらく、お互いの飼ってるペットの話で盛り上がり、やがて、道に出た。

そして、とっくに駆けつけていた救急隊へ彼女を預けて俺達は、車を停めていた場所まで戻る。

「そういや、お前ホント物怖じしないよなぁ」

「んあ? なんの話?」

運転席に乗り込みながら、父が突然そんなことを言った。

俺も助手席に乗って、シートベルトを付けながら返す。

「殿下に対して、タメ口きいてたからさ」

「あー、デンカってめずらしい名前だなぁとは思ってたけど、それが?」

「え?」

「ん?」

「えーっと、お前、もしかしなくても父さんとあの女の子の話、聞いてなかったのか?」

「ちゃんとは、聞いてない」

むしろ聞き流してた。

「あー、そうか」

「え、なに、もしかして貴族だった?」

「隣国、ウェルストヘイムから留学中のお姫様だよ。しかも、王位継承権は第一位。ルリシア王女殿下」

「へー、道理で、アストリアさんみたいに手が綺麗だと思った」

ついでに、やはりいい匂いだった。

言ったら確実にキモがられる感想しか持てなかったので、ペットの会話で時間を潰せたのは良かった。

「…………」

「あ、でもタメ口で接したってことは、俺、不敬罪で死刑になるのかな？」

「安心しろ、一族郎党皆殺しにでもならない限り大丈夫だ。もしそうなったら立派な墓を建ててやるよ」

そいつは頼もしい。

しかし、疑問が浮かんできた。

「でもなんで、そんなＶＩＰがこんなところで襲われたんだろ？」

そもそもなんでいたんだ、という話になってくる。

「さぁな、それは向こうの事情だ」

それもそうか。

下手に詮索すると国際問題になりそうだもんな。

というか、普通に今回のこと国際問題になるだろ。

戦争とかになったりしないよな？

「どうでもいいけどさ、父さんも警察の電話番号登録しておきなよ。今日は俺がいたからいいけどさ」

「タカラにも同じこと言われた。すっかり忘れてた」

この親父が、英雄ねぇ。

翌日、翌々日と、俺は朝のニュースをチェックしたが大きなニュースは特になかった。

良かった、不敬罪で死刑とかは無さそうだ。

しかし、あの日、帰るとまたゴンスケに水責めに遭ったのだが、あいつ香水の匂いが嫌いなんだな、たぶん。

アストリアさんにも唸ってたし。

「ぎゃう?」

「んー?」

「ぎゃっぎゃっ」

ゴンスケが、プリントアウトした依頼書を見せてくる。

俺が受けた採集依頼だ。

「行かないのかって?」

「ぎゃうっ!」

まぁ、自転車でもだが歩いても行けるしなぁ。

今からなら、夕方には戻ってこれるか。

「付いてきたいのか?」

「ぎゃうっ!　くうるるる!」

どうやら、散歩ついでに連れて行けということらしい。

「わかったよ、ちょっと待ってろ」

俺が支度に取りかかると、ゴンスケはのっそのっそと玄関に向かう。

そして靴箱の上に無造作に置いてある首輪とリードを尻尾を変形させて近場に置いておきスタンバるのだ。

自分で付けれるだろうに、付けてもらいたがるのだ。

「よーし、んじゃ行くか」

「ぎゃうっ！」

支度が出来た俺は、ゴンスケに首輪とリードを付けて玄関を出た。

ゴンスケが嬉しそうに鳴いた。

25

「で、薬草やら木の実やらを集めてるわけか」

もはや日課となった採集依頼。

今日は、謹慎生活二回目の休日である。

あれから、俺はゴンスケを連れて毎日ちみちみと依頼をこなしていた。

地味で、他の依頼とは違い報酬が安いらしい採集依頼は不人気で、俺の暇つぶし&ゴンスケの散歩&小遣い稼ぎにはちょうど良かったので、片っ端から徒歩圏内の依頼を受けて小銭（それでも高校生の小遣いとしてはかなり高額）を受け取るという日々を過ごしていた。

今日は、マサも一緒である。

数日前に隣国の偉い人を助けたこと以外は、全部話した。

話を聞いたマサも、暇つぶしに付いてきたのだ。

父は、職安に行ったあとまた依頼を受けると言っていた。

家の収入としては、俺も微々たるものだが稼いでいるのでむしろ増えている。

昨日は、依頼主からお金とは別に高級梨がついてきた。

あんな滑らかな食感の梨、初めて食べた。

「ついでに、羽振りが良くなった理由ってわけか」

「ちゃんと汗水垂らして稼いだ金だぞ」

ゴンスケの餌代は母に献上したが、差し引いて残ったのは俺の小遣いだ。

数日で社会人の平均月収三ヶ月分が稼げるとは正直思っていなかったので、本当に驚いている。

まぁ、受けた依頼の数だけは多かったからなぁ。

「じゃあ、俺も手伝うからさ焼肉行こうぜ焼肉！」

「きゅうるる？」

ゴンスケが『なぁに、それ』と言うふうに、マサに向かって鳴いた。

俺はゴンスケを撫でながら、

「飲食店は基本動物入れないから、ゴンスケは留守番だな」

そう言うと、ゴンスケは残念そうにまた鳴いた。

「ウルるぅ」

と、そこでマサが提案してくる。

「あ、なら今度ウチでバーベキューやるか？

シーズンだし」

「そうだなぁ、そうするか」

マサの家にも庭がある。

そこでバーベキューをすれば、ゴンスケでも一緒に楽しめるはずだ。

「よし、じゃあ来週な！　あ、なんならこの前の彼女も連れてこいよ！」

アストリアさんのことだろうか。

一応、雲の上の存在だぞ。

そう指摘すると、

「あー、そういやそうだった。でも俺とお前（テツ）とゴンスケだけって虚しくね？」

「マサのとこの親父さん達は？」

「それがさ、来週二人で夫婦水入らずで温泉行くんだと」

「置いてけぼりか」

「言うな、なんか悲しくなる」

「まぁ、でもいいんじゃね？　それこそ外で無理やりバーベキューしなくても、ホットプレートで家の中で焼肉すりゃあ良いんだし」

「あ、それもそうだな」

マサは納得して、ゴンスケを見た。

「よし、ゴンスケ！　来週はウチで一緒にご飯食べような！」

「ぎゃうっ！」

＊　＊　＊

「調べておいた」

冒険者ギルドの応接室にて、ウルクはカリエルとテーブルを挟んで座り、そう言いつつカリエルが渡した書類に目を通す。

「ありがとうございます」

「いいって、うちの元従業員が迷惑をかけたお詫びだ」

「……まぁ、俺が下手に動くとまた圧力がかかりそうだったので」

解雇されてから今日まで、表立って動こうとすると必ずと言っていいほど、就職活動を邪魔されてきた。

「正解だな。

そもそも役所にすら圧力がかかってる」

「ということは、政治家ですか？」

「いいや、その報告書にも書いてあるだろ」

ウルクは書類に視線を落とす。

そこには、ウルクの家へ嫌がらせをしている存在の名前が記載されていた。

「官僚の天下り先の一つ、ってわけですか。

さすが、持っている人達はやることが陰険でお金がかかってる」

記載されているのは魔法杖のメーカーの一つとして有名な企業名と、そして、その次代を担う跡取りの少年の名前だった。

「よっぽど、お前の倅が気に食わないらしい」

「でも、表向きは喧嘩両成敗で片がついたんですよ。

ウチの子だって、基本自宅で謹慎中ですし」

「でも、相手は頭を下げた。

渋々、下の存在にな」

「選民思想、いや意識、ですか」

「そういうことだ。加えて、普通なら誰でも使えるはずの魔法が使えないとなると、世間的には底辺以下の存在として扱われるからな。

制度や法律が整っても、人の心までは調整ができない」

「まぁ、自分より下がいれば安心できますからね。

でも、困りました。

これじゃ、再就職なんて夢のまた夢だ」

ウルクがいくら生きた伝説級の英雄といっても、権力はない。

魔物と違って巨大企業相手では分が悪い。悪すぎる。

「そのことなんだが、一つ提案がある」

カリエルが、ウルクの顔色を見ながら言葉を選びつつ言ってきた。

その内容に、彼の目が驚きで丸くなった。

26

先日助けたお姫様が、是非ともお礼をしたいらしい。

正式に、強盗から命を救ってくれたウルクとテツに貴族の位を与え、さらに出来るなら彼女付きの護衛として雇いたい、という話が出ているらしい。

カリエルは、ウルクがこういう話を嫌がるのを知っているため慎重に言葉を選んで説明した。

そして、ここから先はカリエルの提案であるのだが、

「ルリシア様に事情を話して、大々的に他国だけれど王族がバックについてることを宣伝するというのはどうだ？」

何しろ、世間はドラマティックなことが好きだ。

作り話のような成り上がりストーリーとしては、メディアも食いつくだろう。

「いや、そこまで大事にはしたくないので」

「しかし、このままじゃ泣き寝入りだろう？

ルリシア様としては、借りた服を自分の手で返したいとも言っているらしい」

テツの中学時代のジャージ、つまりは古着だ。

返さなくても、息子なら別に気にしないのだろうが。

「それに、世間も意外と飽きやすい。来年の今頃にはもう忘れられてるはずだ」

「…………倅の意見も聞いてからでいいですか?」

「もちろんだ。ただ、大々的に、ってのはもう一度言うが俺の意見でしかない。だから、せめてルリシア様の意志を汲み取ってお礼だけは受け取ってほしい」

「わかりました」


その日の夜、息子は友達と焼肉に行ったらしく夕食にはいなかった。

そのため、まずはもう一人の保護者へ話だけでも通しておく。

「へぇ、そんなことが。まぁテツの返事次第ね」

嫁に、軽く返されてしまった。

「テツが嫌がったら、アンタが父親としてとりあえず貰えるものは貰っておけばよし」

嫁は子供を産んで【母ちゃん】になってから、なんというか漢(おとこ)らしくなった。

「わかった」

＊　＊　＊

深夜、彼女――ルリシアは悪夢に魘(うな)され目を覚ました。

留学中、滞在しているゲストハウスの一室である。

天蓋付きのベッドから身を起こし、大きく息を吐き出した。

襲われてから数日。

大きな怪我どころか、間一髪で貞操も守られた彼女の心はそれでも傷ついていた。

カウンセリングを受けながら、無理のない範囲で学業に取り組む。

勉強をしていると、気が紛れるのだ。

さらにもう一つ幸いだったのは、彼女がそこまで異性を恐れなかったことだ。

きっと助けてくれた、あの親子のお陰だろう。

それでもふとした時、あるいは夢にあの日の光景が出てくる。

今も、そうだった。

学校にいる時は無理だが、こんな時彼女は綺麗に洗濯されいつでも返せるように準備しているその服を持ってきて、抱き抱えベッドに横になる。

ルリシアを助けてくれた彼――テッが用意していた着替えの運動服だった。

少しだけ、自分の鼓動が早くなる。

そして、思うのだ。

「もう一度、会いたい、です」

彼の父親は一瞬で盗賊を倒してくれた。

先日はほとんど発揮されることは無かったが、彼も、かなりの強さを持っているはずだ。

盗賊を倒しこそしなかったが、軽くあしらっていたのと、何よりもドラゴンに好かれているという事実。

ペット用だろうとドラゴンは絶対的な強者だ。

だからこそ、より強い存在に付き従うのだ。

彼の優しい笑顔と声を思い出すだけで、また胸が高鳴った。

会えない苦しさと、切ないほどの愛しさがルリシアに安心と幸福をもたらす。

初めての感情に、彼女は、悲しさを紛らわすことが出来た。

だからこそ、もう一度彼に会いたいと願うのだ。

それが許されない想いだと気づかぬまま、再会を夢見るのである。

やがて穏やかな寝息が聞こえてきたが、この部屋の中には彼女以外いないので誰にも聞かれることは、無かった。

だから、

「お慕いしております、あの日から、ずっと」

そんな寝言も、誰にも聞かれずに済んだのだった。

27

「いや、この前助けたお姫様がな、どうしても改めてお礼がしたいんだって。あと、お前のジャージも返したいらしい」

「へ？」

さらに翌日。

俺は父からそう切り出された。

「うーん、でも父さんは依頼報酬入ったし、俺も予想以上にお金稼げてるから別に。あ、ジャージは要らないから勝手に処分してくれって言っといてくれればいいよ」

「それがなぁ、なんというか父さんの再就職のためにも会ってほしいというか」

なんだなんだ、いきなり。

「どゆこと？」

父の説明を要約すると、俺のゴタゴタのせいで父にまで嫌がらせなどで迷惑がかかっており、再就職がままならないのだという。それを何とかするために、俺からも逆にお姫様へ圧力のお願いをしてほしいということらしかった。

「うわぁ、そんなことになってたんだ。なんかごめん」

「いや、別に謝らなくてもいいけど。

　で、どうする？」

「どうするって、なにが？」

「いや、父さんの再就職のために協力してくれるかなって」

「協力したいけど、かなり無理があると思う」

「え、なんで？」

「だって俺、土下座動画が拡散されてるし。

　全部父さんがやったことにした方が説得力あると思うんだけど。

　ほら父さん機械殺(マシンごろ)しらしいじゃん？

　その報酬はともかく、護衛の話も、そもそも俺学校あるから出来ないし」

　あと根本的な問題として、俺何もしてないし。

　あ、お姫様おんぶして運んだか。そういえば。

「そうだよなぁ。とりあえず、報酬は受け取る気はあるけど目立ちたくないってことでいいか？

　それと、マシンじゃなくてマジンな」

「まぁ、厚意を無駄にはしたくないし。くれるって言うなら貰いたいけど、今どき貴族階級なんてネタでネットで買えたりするし。

あぁ、そうだ、ついでにジャージも要らないから返さなくていいというか、適当に捨ててくれって伝えてもらえるとありがたい」

「一国の王女、それも次代の女王様にお古のジャージの処分任せるって、結構度胸あるよな、お前。でも、わかった。

そういうことで話を進める。あと、ネットのネタ階級と比べるなよ、こっちのは正式だぞ。

あ、そうだ最後にもう一つ」

「なに?」

「お姫様——ルリシア様に会うことに関してはどうなんだ?」

「堅っ苦しいのは苦手だから顔を合わせずに済むならそれに越したことはないんだけどさ」

「それは、たぶん無理だな」

父の断言に俺は息を吐き出した。

拝謁だか謁見だかの席で、絶対無礼を働く自信がある。

絶対、重苦しい場で屁とかこくよ俺。

よし、とりあえずアレだ、すかしっぺの練習をしておこう。

音さえ出さなければ、きっと大丈夫なはずだ。

＊　＊　＊

ほぼ毎日、あのネズミの父親は役所と職安に来るのだという。

蓄えがあるからか、まだまだ余裕そうだという報告を聞いた彼は苛立ちを隠せず、近くにあった物を適当に床へ投げつける。

さっさと一家そろって惨めに死ねばいいのに。

報告によると、ネズミの父親は冒険者ギルドにコネがあったらしく、それで食いつないでいるようだ。

早く死ねばいいのに。

あんなドブネズミ、存在しているだけで害悪だ。

あの謝罪会見から日が経った。

彼も、そして、彼が叶わぬ想いを寄せる彼女——アストリアも今は普通に学校へ通っている。

しかし、アストリアからは軽蔑の目で見られ、挨拶すら許してもらえなくなった。

どうして、正しいことをした自分ばかりがこんな目に遭わなければならないのだ。

あのドブネズミさえいなければ。

そう考え続けた彼が、その一線を越える考えに行き着くのは、必然だった。

気に入らないものは、要らないものは捨てればいいのだから。

ネズミは害獣だ。
害獣は要らないのだ。
そして、ネズミは恐ろしい病原体を広げる。
だから、退治しなければいけない。
用意周到に準備して、そして、
「目障りな害獣は、退治してやる」
一人、自室で呟いた時。
――クスクス
鈴を転がすような、少女の笑い声が聞こえた気がした。
キョロキョロと自分以外は誰もいないはずの部屋を見回す。
「貴方、面白いことを考えているわね？」
と、今度はハッキリと声が届いた。
ハッとする。
気づくと、彼はベッドの上にいた。
自分のベッドの上だ。
見知らぬ妖艶な女性越しに、毎日見ている天井が目に映ったからそうだとわかった。
「それに、彼のことを知ってるみたいだし。

ねぇ、お姉さんにもう少し詳しく教えてくれない？
そしたら、貴方の願いを叶えてあげる」
この女性は誰なのだろう？
そんな疑問すら、自分の中で溶けて消えてしまう。
ただ、あのネズミへの復讐心が膨れ上がる。
「いいえ、違うわね。
貴方に、願いを叶えるだけの力を貸してあげる」
甘く、優しく囁かれる。
復讐心とともに、ふわふわとした、夢心地の感覚に支配される。
「そうね、せっかくの手がかりだし。特別にお膳立てもしてあげるわ」
夢の中に誘われつつある彼には、その女性の歪んだ笑みは見えていなかった。

28

【運動服は要らないから、そちらで処分をお願いしたい】という先方の言葉に、ルリシアはこの上ない幸福感に満たされた。

つまりは、自分の裁量で扱って良いというわけだ。

「大切にしよう」

そう呟いて、綺麗に洗濯され、洗剤とお日様の匂いのする運動服を抱きしめる。

これは、彼女が彼を感じられる唯一のものだ。

出来ることなら、あの日のようにまた彼の逞しい腕に抱かれたい。抱きしめられたい。

でも、それは叶わない。

先方の言葉を伝えにきた、彼女付きの侍女はさらに伝言を伝える。

テッとウルクは彼女に会ってくれるようだ。

彼ら親子とは、ささやかな食事会を開くことで話はまとまった。

纏めたのは、ルリシアではなくお目付け役でもあるこの侍女だ。

乳母でもあるので、実質保護者のようなものである。

先日の件では、とても心配させてしまった。

だからこそ、何かをする時は彼女を通すことが、この留学中に義務化されてしまったが、仕方ない。

「ルリシア様。

ルリシア様を救った方々に、私も改めてお礼を言いたいので同席させていただきます」

「ええ、もちろんです」

「ただ、気になる情報が一つ」

「何かしら？」

「ルリシア様を介抱したという少年ですが、少し調査したところあまり素行がよろしくないようです」

「え？」

そこから侍女は、テツとその周辺の調査報告の結果をルリシアへ伝える。

「そんなの嘘です」

「ですが」

「あの方は、素晴らしい方です。

そのようなことをするはずがありません。

何かの間違いでしょう」

「本当に素晴らしい者なら、謹慎中にも拘わらず冒険者として活動などしませんよ」

「でも、そのお陰で私は命を拾い、ここにいます。

まさか、それまでも否定すると言うの？」

「そうではございません。

ただ、彼は庶民、貴女は次期女王。

立場が違います。

はっきり言いましょう。その少年は、ルリシア様には相応しくありません。想い、焦がれるまでは自由です。

しかし、それが行動に出ては他の者達に示しがつきません。

たしかに、ルリシア様はその少年と少年の父親によって命を救われました。

ですが、それだけのことです。

そもそも、下の者が天上の存在であるルリシア様に尽くすのは当然です。

ルリシア様を助けた事実、それは変わりません。なので、私もお礼を言いましょう。

ですが、それ以上の交流はルリシア様が穢れるだけです」

「そんな言い方って」

侍女のいつもとは違う、厳しく差別的な言葉にルリシアは眉を寄せる。

「彼ら親子を、側近にするよう我儘を言ったそうですね？

ルリシア様、馬鹿なことは考えないでください。

そんな無理は通りません。

どんなに強かろうと、下賤な生まれでは貴族のように選ばれた存在には、遠く及ばないのですから」

たしかに、貴族の子弟に施される教育は一級品だ。

立ち居振る舞いから、騎士志望の者なら実戦訓練も積んでいる。

でも、それは所詮訓練であって、経験ではない。

「………何故、そこまでテツさん達を嫌うの？」

彼女は、仮にだが、テツが訓練を受けた貴族の子弟と戦った場合、テツが勝つと信じていた。

「穢れているからですよ。身分を引いても、その少年は穢れているんです」

「何を根拠にそんなことを言うの？」

「その少年は、先天的に魔力が無いんです。

神に愛されることなく生まれてきた存在なのです」

侍女の言葉に、ルリシアは初めて戸惑った。

「そんなはず、ないわ。

だって」

「ルリシア様。

ここに、貴女様を助けた少年の診断書のコピーがあります。

特別に取り寄せました。

ぜひ確認を」

「だって、彼、ドラゴンを飼ってるのよ？

あの日、救急隊に引き渡されるまでの数分間、山の中を歩きながら、テツさんは私に話してくれた。

画像だって見せてくれた」

主人であり、未来の女王であり、誰よりも聡明な少女の言葉に今度は侍女が戸惑った。

しかし、侍女はそれを顔に出さずに否定した。

「冗談ですよ。それは、その少年の冗談に決まってます。

ルリシア様は、その時酷くショックを受けていました。

だからこそ、そんな会話で気を紛らわそうとしたんです。

無い知恵を絞った末の、気遣いです」

「でも、画像が」

「今の時代、インターネット上の画像を提示するくらい簡単でしょう。

もう一度言いますが、ルリシア様は担がれたんですよ」

本当にそうだろうか？

あの画像も、楽しそうに三毛猫のポンとドラゴンのゴンスケの話をしていた、彼の笑顔も優しさも嘘だったのだろうか？

「彼には、先天的に魔力がないのは事実です。

そんな彼がどうして、ドラゴンに好かれるというのですか。

ルリシア様もご存知でしょう？

本来、ドラゴンという存在はとても気高く、この地上で最強の存在です。

我が国の聖龍騎士(ドラグーン)ですら、駆るのは亜流種ばかり。

純粋なドラゴンを手懐けるなど、下々の存在には無理もいいところです」

ここまで侍女が、主人を助けた恩人を貶(けな)すのには訳がある。

侍女は、ルリシアがその恩人の少年に恋をしているのだと気づいたのだ。

それを危険視し、諦めさせるために敢えて選民思想の強い言動をとっている。

主人を助けてくれた、少年には少し悪いと思う。

しかし、見たことも会ったことすらない少年にはその程度の認識しかない。

ルリシアは今まで恋などしたことが無かった。

だからこそ、初恋の芽が小さいうちに摘み取らなければならない。

考えすぎだろうとは思う。

でも、実らない、未来のない関係はルリシアを苦しめるだろう。

「ルリシア様、護衛の話でもそうですが。

彼らでは、貴族と対等の身嗜(みだしな)みを整えることすら困難だろうと考えられます。

自分達とは違い、しっかりとした、それなりに費用のかかっている装備、そしてプライベート時の格好を見て、その差に落ち込んでしまうかもしれません」

二人には考えも及ばないことだが、ここにテツ達がいたらまず間違いなく『余計なお世話だ』とツッコミが入る所だろう。

「…………」

ルリシアは何も言わず、ただ胸に抱いた彼との唯一の繋がりである運動服が入った袋をさらにきつく抱き締めた。

【第5章】友達や知り合いって大切にしなきゃだな、と感じた話

29

「困った」

ネットで食事のマナーについて検索しながら、テツは呟いた。

「きゅうるるるる？」

まだ携帯空かない？

と、ゴンスケが軽い頭突きを食らわせてくる。

「困った〜」

ルリシア姫様から晩餐会のお誘いが正式に届いた。

ささやかなものだというが、ささやかにしては、その食事をする場所が全然ささやかじゃなかった。

場所を検索してメニュー一覧を見てみると、ランチは最低でも一人、ファミレスで家族五人前後

で食べてさらにデザートまで付けられる値段だった。

さらにドレスコードまであるときた。

が、学校の制服で大丈夫だよな？

失礼になるかな？

無理無理無理無理。

街中にある大衆焼肉【お気楽堂】を提案してみようか？

いや、炎上確実だよ。

どうするよ、俺テーブルマナーなんてほとんど習ってねーよ。

習ってたとしても、覚えられる自信がない。

「あーーーーっ!!

この話流れねーかな?!

くっそめんどくせぇぇええええ!!」

「きゅうるるるぅぅうあああ!!!」

横でゴンスケが、早く携帯端末を寄越せぇええぇ!!　とばかりに尻尾をベシベシしてくる。

せっかくお金あるし、ゴンスケ用にタブレットでも買うか。

そんな現実逃避を始めた俺に、メール受信の文字が飛び込んできた。

「あ」

その名前に、俺の中にとある考えが浮かんだ。

それは、定期的に送られてくるアストリアさんの画像に関するお礼メールだった。

彼女も律儀だよなぁ。

そう思いながら、俺は、そのメールへ返信メッセージを書く。

内容は、テーブルマナーについて教えてもらえないか、である。

ルリシア姫様のことは、伏せて、『先日、諸事情で知り合った貴族の人に食事に誘われたけれど、場所がかしこまった所なのでテーブルマナーが必要で、せめて失礼のないようにしたいから、アストリアさんに教えてもらいたい』と説明した。

他に頼れる知人がいないのだ。

あ、でも、断られるかな。

実質、今回のことで彼女にも迷惑がかかってるみたいだし。

まだ、昼。

これから午後の授業だろうから、返信が来るのは夕方くらいだろうと思っていたら、すぐ返信がきた。

返信というか、着信だった。

『あ、えとえと、テツさんの携帯でしょうか?!』

「もしもし、アストリアさん。そうだよ。ごめん、電話なんかさせちゃって」

バシバシっ！

『ううん、気にしないでいいよ。

メールの件だけど、私ならいつでも大丈夫だよ。

それで、いつにする？

色々道具が揃ってるから、私の家で教えるよ』

バシバシバシっ！

晩餐会は、再来週。つまり、謹慎最終日。

来週は祝日があって世間的には三連休だ。

「じゃあ、急なんだけど次の休みが三連休だから、その都合のつく日、お邪魔していいかな？」

『いいよー。

三日間とも空いてるから、三日間ともみっちりできるよ。あ、私の家わかる？』

「そりゃ、ありがたい。

なら初日で良いかな？

さすがに三日間全部潰すのは、気が引けるからさ。

そういえば、家、知らないや」

『気にしなくていいよ。

でもわかった、とりあえず三連休初日ね。

じゃあ、迎えに行くから』

さすがに、送迎も悪い気がする。

でも、言葉に甘えよう。

「ありがとう、助かる」

バシバシバシっ！

バシバシバシっ！

ばんっ！　ばんっ！

『気にしなくていいよー、友達だしね。

ところで、なんか破裂音みたいな音がするけど、もしかしなくても立て込んでた？』

「あ、いや、ゴンスケが動画観たいから早く携帯寄越せってせっついてるんだ」

『そっか、じゃあ切るね。ゴンスケ、バイバイ』

「ううぐるるるう」

おい、香水の匂いしないだろ、唸るなよ。

30

そして、三連休初日。

アストリアさんからの迎えを待っている俺に、祖父が声をかけてきた。

「玉ねぎ持ってけ」

おそらく、迎えは高級車だ。

前回、土付きの野菜を渡した俺が言うのもなんだが、臭いとか付くかもしれない。

あ、袋二重にすればいいか。

ちなみに、あの後アストリアさんから俺が渡した野菜達を使った料理の画像が送られてきた。

画像の中には、護衛さん達のものもあった。

全部美味しく食べてくれたようで何よりだ。

「今日お世話になるんだから、このお菓子渡しなさい」

と、祖父の次は今度は仕事が休みの母が、高級そうな菓子折りを渡してきた。

まあ、たしかに、教わる立場だから手ぶらというわけにはいかない。

「それと、向こうの親御さんによくお礼を言うのよ？」

「うん」

母が口を酸っぱくして、とにかく失礼のないように、だとか、挨拶はちゃんとするように、と言ってくる。

母の中で俺はいったい何歳設定なのだろう？

と、そうこうしていると、俺の携帯が震えた。

アストリアさんから着いた、という連絡だった。

同時に、玄関から声がした。

ちなみに、ウチにはインターホンという現代文明の利器はない。

家人を呼ぶ時は、とにかく大声を出すことになる。

前回、アストリアさんがウチに来た時は、護衛の誰かが声を出したと思われる。

俺は玄関に向かう、と何故か母も付いてきた。

扉を開けると、アストリアさんとやはり黒服の護衛さんが二人、計三人が待っていた。

母が挨拶もそこそこに、メロンのお礼と今日アストリアさんの家へお邪魔することに、恥ずかしくなるほど頭を下げた。

もういい、止めてくれよ。本当に恥ずかしい。

と、護衛の二人とそしてアストリアさんも野菜のお礼を言ってくる。

こういうコミュニケーションが大事なのはわかる。

わかるが、

「それじゃ、ウチの馬鹿をよろしくお願いします。無礼を働いたら、容赦なく叩きのめしてください」

おい、もうちょい信用しろ、俺はもう高校生だぞ。


「綺麗なお母さんだね」

車に乗り込んで開口一番、アストリアさんはそう言ってくる。

ちなみに、俺とアストリアさんが後部座席、護衛さん二人が運転席と助手席だ。

なんだ、前回と違って人数少ないな。

「そう？」

「うん！　もしかして女優とかアイドルだった？」

「さぁ？　あ、今日は改めてありがとう」

「いいよいいよ、気にしないで。

それと、玉ねぎありがとう。お菓子も貰っちゃってなんか悪いなぁ」

「それこそ気にしないでくれ」

「そういえば、話にあった人とはどこで食事するの？」

俺は、携帯を取り出してホテルのホームページを表示させ、アストリアさんに見せる。

「ここ」

「なるほど、もしかしたら当日会うかもね」

「なんで？」

「同じ日にウチも、家族で食事なんだー。

お父さんと、久しぶりに会えるから今から凄く楽しみ」

「久しぶり？」

「そう、とにかく仕事で忙しくってあんまり会えなくて。

お母さんはいつも家にいるんだけどね」

お金持ちも大変なんだなぁ。

貧乏暇なしとは違った忙(せわ)しなさがあるんだろうな。

「そうなんだ」

お手伝いさんもいそうだよなぁ。

よくアニメで見る、メイドさんとか執事さんがズラーっと並んでお出迎え、みたいな光景が見れるんだろうか。

「でも、今日で二度目だけどテツさんの家大きいね。

一つの土地の中に三つ、車庫も入れると四つもあるなんて」

「そう？　でもアストリアさん家に比べると小さいでしょ？」

「ウチ？　普通だよ」

「そうなの？」

「うん。お父さんもお爺ちゃんもあんまり家が大きいと落ち着かないからって。一般的かっていわれるとそれよりは広いかな？

でも、普通だよ。

それに、今日はプライベートだしね。

お父さんのお仕事の人やお母さんの友達とか、そういう来客用の建物なら別の場所にあるし」

それ、別荘って言うんじゃ。

いや、この場合は別宅か？

「良いの？　えっと母屋に俺が行って」

「うん。だって、仕事や夜会じゃないしね。

お母さんなんて、すっごく楽しみにしてるんだよ」

「？

なんで？」

「なんていうか、今まで知り合った子達ってこうやって普通に遊べる子がいなかったから」

そういや、そんな話聞いたな。

「今日の話をしたら、どうせなら実践形式でやろうって張り切って朝からたくさん料理作ってたしね」

待て待て待て。ちょっと待て。

「え、もしかして、アストリアさんのお母さんがマナーの先生？」

途中でコンビニでも寄ってもらおうと思ってたんだけど、まさかご飯が実際に出てくるとは。

「うん！」

なんつー、いい笑顔するんだこのお嬢様。

「ただ、テツさん家が農家でしょ？

それも米農家って話したから、今日はパンなんだって。

お米作ってる家の子に、逆にダメだしされたら怖いからパンにしたんだって」

「アストリアさんのお母さん、パン焼けるの？」

「うん。昨日の夜から種仕込んでたよ」

気にしなくていいのに。

あ、でもいつもパンってスーパーの菓子パンか食パンだから、手作りのパンって何気に初めてかも。

楽しみだな。

でも、

「夜にパンの種を仕込むんだ？」

「宵種法（オーバーナイト）っていう中種法（なかだね）の一つなんだって。

冷蔵庫で低温発酵させる方法なんだってさ。当日にやる場合は直捏法(ストレート)って言うんだって」

「詳しいな」

「毎日お母さんから蘊蓄を聞かされてて、さすがに覚えちゃった」

31

アストリアさんの家は、学校からほど近い都心部の高級住宅街の中にあった。

片道五十分か。良かった迎えに来てもらえて。

普段、バス使ってるからなぁ。

バスで行く道を自転車はさすがにキツかった。

お金溜まったし、誕生日きたらスクーターの免許取りに行こうかな。

とりあえず、往復ありがとうございます、黒服護衛さん達!

さて、アストリアさんの家だが。

質素、というよりも、洗練されたデザインの家だった。

たしかに、無駄に広い【田舎のおばあちゃん家】の見本みたいな、ただただデカくて古くて農作業のために広いだけの俺ん家と比べると小さいと言えるだろう。
「…………………」
本当にお嬢様だったんだな。
…………………。
もうお家帰るーー!!
自分で言い出したことで、頼んだことだけど、俺って異物じゃん!
お家帰って、録り溜めた特撮観るーー!!
こんなキラキラした世界、ずっといたら浄化されそう。
「さぁ、どうぞ」
一軒家をぐるりと囲むのは塀だ。
そして、出入口のところは柵になっている。
護衛さん達が、柵の鍵を開けてアストリアさんと俺が入るのを待っている。
「…………………うん」
もう、ぽんぽん痛い。
うわぁ、これ絶対アストリアさんのお母さんにいびられるよ。
謹慎のアレで、巻き込んじゃったもんなぁ。
どこもかしこもキラキラしてる。

ウチなんて、ポンもそうだけどチコ（初代、黒猫。野良のボスに負けっぱなしだった）やムスコ（二代目、白猫。チコの子供でポンの兄貴。野良のボスとよく喧嘩しては負けてた）とチョコ（三代目、父ウルクが知人から貰ってきた。野良のボスに勝てた試しが無い）達があちこち爪とぎした跡などで荒れてるっつーのに。

「あ、そういえば、一応洗濯とコロコロしてきたけど、大丈夫かな。

お母さんと弟さんアレルギー持ちだったよな？」

「うん、一応中に入ったらもう一度、粘着ローラーしてもらうけどね。

たぶん大丈夫だよ。アレルギー持ちだけど、そこまで症状重くないし。

そもそもダメだったら最初から断ってるし」

それもそうか。

招かれるまま、俺はその家に足を踏み入れた。

アストリアさんが玄関の扉を開け、中に入る。

「ただいまー」

「お、お邪魔します」

うわ、中も綺麗だ！

ちゃんと掃除してんだろうな。

掃除しても、どこからともなく入り込む野良猫とウチの猫の足跡だらけの俺ん家とは大違いだ。

華美ではなく、シンプルだ。
飾り、調度品と言うんだったか。
小さな瓶や現像した写真くらいの大きさのミニ絵画なんかが飾られている。
と、パタパタと奥から人が出てきた。
「ようこそいらっしゃい！」
にこやかな、なんというかとてもフワフワとした優しそうな女性が現れた。
顔立ちがアストリアさんに似てるなぁ。
同じ年月だけアストリアさんも歳を重ねたらこうなるのだろう。
俺は頭を下げる。
「お邪魔します。
今日は我儘を聞いていただきありがとうございます」
礼儀正しく。
礼儀正しく。
「それと、謝罪がこのような形になり申し訳ありません」
「謝罪？」
アストリアさんのお母さんが不思議そうに聞き返してくる。
俺は下げた頭を上げる。

「アストリアさんも、例の動画で迷惑を被ったと聞いています」

「あぁ!! 気にしなくていいのよ。

それよりも、この前はお芋ありがとう。ホクホクしてとっても美味しかったわ。御家族の方にとっても美味しかったって伝えておいてね」

ホワホワと言うアストリアさんのお母さん。

と、玄関の外から黒服さんの一人が声をかけてきた。

「奥様。今回も玉ねぎを貰いました」

アストリアさんもそれに続く。

「これは、テツさんのお母さんからだよ」

黒服さんが二重にした袋を、アストリアさんがちょっとお高めな菓子折りを見せる。

「まぁ! 逆に悪いわ」

「いいえ、マナー講座の費用代わりです。皆さんで召し上がってください。

それと母がよろしくと言っておりました」

ニコニコと微笑ましいわぁと、言わんばかりの笑顔だ。

32

ホテルでの食事の場合、取り放題食べ放題形式でないなら、高確率で順番に料理が出てくる、所謂コース料理らしい。

なので、コース料理を前提にしたマナーを教えてもらえることになったのだが。

「そもそも、食事のマナーっていうのはその国、その地域の食文化に根ざした、要は一緒にご飯を食べる人と楽しい時間を過ごせるようにっていう気遣いから生まれたものだから、国によって全然違うの。

たとえば、この大陸だとフォークとナイフを使うのが上品って場合もあれば、逆に手掴みで豪快に食べるのが上品って国もあるの」

「へぇ、世界は広いんですね」

「とても広いわ。

そんなわけだから、正解なんてないの。というよりも国や地域の数だけ正解があるというべきかしら。

とりあえず、まずは食べて見せてもらえる？」

と、コース料理にそって、突き出しから始まり食べつつ注意点なんかを教えてもらう。

その都度、横に置いておいたノートにメモしていく。

ゆっくりとマナー講座は進みつつ、時折料理の感想も聞かれる。

「全部美味しいです！」

なんか、全部めっちゃキラキラしてることさえ抜かせば美味しい。

ちょっと薄味で、量が少ないけど。

でも、コース料理って量が少ないらしいから、こんなもんなんだろうけど。

「そう、良かった」

途中で口直し用のシャーベットも出たけど、それがスーパーでよく見る奴でちょっと驚いた。

出てくる前にイチゴとレモンとコーヒーの三つから選んでくれと言われて、レモンを選ぶ。

「本番だと、もっとあっさりしたアイスが出ると思うけど、今日はコレで代用ね」

「あたしイチゴ味！」

アストリアさんとお母さんはイチゴ味のようだ。

時折雑談も交えつつ、食事は進んでいく。

「そういえば、弟さんは？」

「今日は、退職したおじいちゃんと一緒に買い物。

前から欲しいって強請ってた玩具買ってもらうんだって」

アストリアさんの説明に、お母さんが続く。

「まぁ、ずっとお手伝い頑張ってたからね」

「そういえば、テツさんも子供の頃はそういう玩具とか欲しがったりした？」

「あー、特撮のロボットとか変身アイテムとか欲しがったりしたなぁ」

「やっぱりそうなんだ！　弟も、この前家族で出かけた時におもちゃ屋の前で駄々こねて大変だったんだ」

身に覚えがありすぎる。

子供の頃、欲しい玩具の展示の前で床を転がってバタバタして欲しがったことがある。

結局、母か姉に強制連行されてしまう。場合によってはゲンコツが追加されるのだが。

「それで、弟さんは、なんの玩具を欲しがったんだ？」

「いまテツさんが言った特撮ヒーローの変身玩具だよ。

もう、テレビを観ながら毎週毎週真似をしてる」

もう何も言えない。

うん、好きになるよな。

「あー、わかるわかる」

こんな感じで授業は進んで、最後のデザートが出てくる。

それは、時折スーパーでやっているミニケーキバイキングで販売されているケーキが二個と、手作りらしいクッキー数枚が乗った皿だった。

「さっきから思ってたんですけど、スーパーよく行くんですか？」

「うん？　そうだけど。なんて言うか、値段が美味しい商品がたくさんあるし、よく母親と娘時代に買い物に行ってたから」

たしか、アストリアさんのお母さんって元王族だよな？

というか、此処が公爵家だよな？

娘時代に一般的な場所に買い物行くなんてありえるのか？

そもそも、公爵家がこんな一軒家って。

なんだろ、なんか不思議だ。

「お母さんは、元々王位継承権が低かったし、他所にお嫁に行くことを見越してお城のおばあちゃんにいろいろ教育されてたらしいよ」

俺の疑問を察したのか、アストリアさんがそう説明してくれた。

なるほど。

民間に嫁ぐことも考慮して、教育をされてきたのか。

だから、一人で出来ると。

現代の貴族社会は謎だよなぁ。

「でも、テツさん驚いたでしょ？」

アストリアさんのお母さんがイタズラっぽく笑って言ってくる。

「こう、イメージの公爵家と違うって思ったんじゃない？」

「えー、まぁ」

「そもそも公爵の爵位を持ってるのが私ってだけの話で、だから家としては民間人の家になるの。ちょっとややこしいんだけど、跡継ぎの関係でね。ごたつかないようにってことで」

「なるほど」

ごめんなさい、百ぱー理解できません。

でも、嘘も方便なので。

あ、いや、とりあえずアストリアさんは公爵の令嬢ではあるけど分類的には一般人ってことでいいのか？

「ところで、マナーの説明、わからないところとかあった？」

「いえ、大丈夫です！」

「そう、ならあとはニコニコして美味しそうに食べて、楽しめば大丈夫。

笑顔もマナーの一つだから」

「わかりました」

「でも、今日は遊びに来てくれてありがとう。

アストリアも、本当なら一般人なのに私のせいで気軽に話せる友達が中々出来なくてね。

というわけで、夕飯も食べて行ってね。もちろん、オカワリ自由。味付けも、夕飯の方はいつものに戻すし」

おおぅ！

ってことは、やっぱり薄味だったのか。

それを差し引いても、こんな絶品料理がまた食べられるなんて！

あ、いや、礼儀正しく。礼儀正しく。

「なにか食べたいものはある？」

断ろうと思ったのに、気づいたら食べたいものを口にしていた。

33

夜。

アストリアが連れてきた初めての友達を玄関先で見送る。

帰りの送迎は、護衛を任せている者達に頼んである。

「いい子ね」

「うん！」

「それにお城のおじいちゃんによく似てる」

「そう？」

「ほら、ドラゴン飼ってるんでしょ？　ドラゴンが懐くほどだから、よほど魔力の質が良いか容量が大きいのかなって思ってたんだけど、違った。

「あ、それは」

アストリア、あの子が魔力ゼロだって黙ってたでしょ？」

母が差別をするとは思っていなかったが、デリケートなことなのでアストリアがわざわざ言うのもはばかられたのだ。

「それもあの子の場合、生まれつきみたいだし」

「え、なんでわかったの生まれつきって⁉」

「ん？　お城のおじいちゃんに似てたから。

つまり、覇気、オーラがおじいちゃんと同じだったからね。

オーラは英雄の色をしてたから、時代が時代なら勇者か下克上で王様に成れた子ね。

覇気がある人、それも英雄の色をしてると魔力が先天的に備わらないことが多いの」

「え？」

「あ、アストリアは知らなかったっけ？

お城のおじいちゃんも、魔法使えないのよ」

「そうだったんだ」

「即位して、ずっと魔力ゼロの人への差別を無くそうと頑張ってきたからねぇ、おじいちゃん。あの子にとって、少しはこの世界が生きやすくなってたら良かったんだけど」

少しだけ悲しそうに、アストリアの母は言って言葉を切った。

逆にいえば、それだけ今が平和ということだ。

平和な時代に、英雄は要らない。

英雄が必要な時というのは、それだけ大変な時代ということだ。皮肉な話である。

やがて、アストリアの母は続けた。

「アストリア、友達は大事にね」

「うん、もちろんだよ」

「英雄、本当の正義の味方は貧乏くじを引くものだから」

「？」

「本当に正しい行いをした人ってね、ほぼ確実に損をするものなの」

歴史上の英雄に限らず、正義の大小に限らず、正しい行いというのは痛みを伴うものなのだ。

「あと、ドラゴンが懐いてる理由だけど、損をする代わりにオーラの波長があった生き物なら惹き付ける性質があるの。

たぶん、それね。ドラゴンが飼えてる理由。

魔力の無い存在は、神様から愛されなかったから、嫌われたから、前世で悪いことをした穢れた存在だからっていう考えがあるけど、むしろ逆なの。

神様に愛されてるからこそ、苦難ばかりの人生になってしまう。

お話なんかだと、自己犠牲がそれね。

逆にいえば、自己犠牲の精神で見返りを求めなければ誰だって正義の味方に、英雄になれるってことなんだけどね」

母の説明に、今度学校で教えて上げようと思うアストリアだった。

＊　＊　＊

アストリアの家には近づけない。

学校でもそうだ。

それでも、一目見たかった。

彼女の姿を、たった一度でいいから見ておきたかった。

そんな彼の想いを裏切るように、あのネズミが彼女の家から出てきた。

怒りが一気にふくれ上がる。

「こら、ダメでしょ？

アナタは愛しい彼女の白馬の王子様になるんだから。

ここは、その舞台じゃないわ」

彼に力をくれた妖艶な女性に窘められた。

「穢れたネズミが、調子に乗りやがって」

「そう、ネズミ。穢れてるから、皆から嫌われてる。

害獣ね。

神聖なものを汚そうとしてる。

だからこそ、わかってるわよね？」

「もちろんだ。あんたから貰ったこの力でぶっ殺す。

ただのネズミ退治でも、舞台さえ整えれば俺は英雄になれる」

「フフっ。そうね、英雄への道は誰でもそうだけれど、まずは小さな悪を討つところから始まるものよ」

【第6章】なんかトラブルに巻き込まれた件

34

謹慎最終日。

つまり、ルリシア姫様との食事会当日。

父は新しいスーツ姿で、俺は制服で指定されたホテルへやってきた。

少し早く着きすぎたので、ホテルの駐車場に停めた車の中で適当に時間を潰す。

「お前、女の子の友達が出来たんだってな」

「それが?」

「いやぁ、青春だなぁと」

「…………家族で、今日ここでご飯食べるって言ってたから、会えるかもよ」

「え、お金持ち?」

「お金持ちっていうか、ほら、謹慎することになった時、ピー音入ってたけどさ痴情のもつれがどーたらって、報道されたじゃん？

要は迷惑を被った子だけど」

「あー、公爵様のご令嬢か」

という、ほんとどーでもいい会話をして時間を潰す。

「ん？」

父が不思議そうに後部座席を見た。

「なに？」

俺も身を捻って後部座席を見る。

立駐ではない、外にある駐車場のためすぐ横には歩道と道路があり、車と人が行き交っていた。

「いや、なんでもない」

それから、時間を確認して、車を出た。

金魚のウンチのように父親の後に続く。

ホテルに入ると、係員に誘導され何故か念入りに身体と持ち物をチェックされた。

解放されると二人して、キョロキョロとエレベーターを探す。

すると、

――――――とんとん
軽く肩を叩かれた。

振り向くと、アストリアさんがいた。

「ホントにいた。こんにちは！」

「ん、こんにちは」

と、その後ろからアストリアさんのご両親と、来年に小学生になるという弟君が現れた。

ウチの父もそれに気づく。

すると、アストリアさんのお父さんを見て口をあんぐり開けてしまう。

アストリアさんのお父さんも、かなり驚いている。

「せ、せせせ、せんぱーい!!」

叫ぶように声を出したのは、アストリアさんのお父さんだった。

「おま、え、て、ことは、その人ってもしかして」

ニッコリとアストリアさんのお母さんが父に笑顔をむける。

「あらあら、なるほど道理でお父様に似てると思いました」

アストリアさんのお母さんがちらりと俺を見て、そんなことを言った。

似てる？

「お久しぶりです。ウルク様。

元気そうで、何よりです」

「ひ、姫様も、お元気そうで、なにより、です」

「ふふふ、元、が付きますよ。

でも、そうですか、テツさんのお父さんが貴方だったとは。

かの英雄の息子さんだったんですね」

「いやぁ、俺も驚きましたよ姫様。

こいつの友達の親が、まさか姫様達だったとは」

「先輩、なんで連絡してくれなくなったんですか!?

俺が冒険者辞めたあとぷっつり音信不通になるから、てっきり魔物の餌になったとばかり！」

そんな親の会話に入れない俺とアストリアさんは、互いを苦笑混じりに見た。

「英雄？」

アストリアさんが聞いてきた。

「俺はよく知らないいんだけど、なんか父さん学生時代にヤンチャしてたらしくて、魔神倒したことがあるんだってさ」

「魔神？

魔神討伐の英雄っていうと。

一番最近で二十年くらい前に短期間で四体倒したっていう、英雄ウルククらい、じゃ」

アストリアさんが、自分の親と親しげに話す俺の父を見て、すぐ俺を見た。

「なんだ、有名な話なんだ」

俺の呟きに、今度はアストリアさんが驚きの表情になった。

と、俺の呟きが聞こえていたのか、アストリアさんのお父さんが言ってくる。

「先輩、何も話してないいんですか？

勇者に当時の恋人を奪われた腹いせに、勇者の所有してた、バイクと聖剣盗んで魔王城に単騎で乗り込んで、魔王城の窓という窓を聖剣で割りまくった上、魔王と魔神の首まで取った話とか。

あとあと、将来を誓いあった恋人が、魔族で。それは良かったんだけど、実は財布目的でしかなくて結婚詐欺まがいで当時の財産持ち逃げされた仕返しに、その恋人の故郷を支配してた魔神を滅ぼして連鎖的に――」

なにそれ、聞いてない。

というか、婆ちゃん。父さん全然大人しくないじゃん。

「あははは、教育によろしくないから、お前もう黙れ」

なおも話し続けるアストリアさんのお父さんへ、父さんが、苦笑しつつぴしゃりと言った。

こんな人だったんだ、アストリアさんのお父さん。

35

アストリアさん一家とは途中まで一緒に移動した。

食事会の場所が同じだったのだ。

レストランではあるが、商談をする人もいるためか個室だった。

アストリアさん一家は先にレストランに入って行った。

それを見送って、父が近くにいた従業員へ予め渡されていたルリシア姫様からの招待状を見せる。

一瞬、従業員は顔を強ばらせたように見えたが、本当に一瞬で直ぐに俺達を案内した。

促されるまま個室に入ると、すでにルリシア姫様ともう一人、四十から五十代くらいの女性が座っていた。

ぎろり、と女性に睨まれてしまう。

もうヤダー、お家帰るーー!!

帰ってポンをモフモフするーー!!

ゴンスケと、依頼こなすーー!!

ついでにこの前始まったラノベ原作の深夜アニメ（ハーレムもの）観るんだーー！！

と、脳内で繰り広げる。

とりあえず、顔はいつも通りのはずだ。引きつってないし、どん引いてないはずだ。

「テツさん、お久しぶりです。本日は忙しい中ありがとうございます」

いいえ、別に忙しくありません。

忙しくないので、早く帰りたいです。

むしろなんか気を遣わせてごめんなさい。

「あ、今日は、お招きいただきありがとうございます」

「そんな畏まらないでください。先日のように砕けた口調で」

クスクスと微笑みながら言ってくるルリシアお姫様の言葉を、隣にいた女性が口を挟んで途切らせる。

「ルリシア様！　はしたないですよ！」

小学校の時、鬼婆って言われてた、女校長思い出すな。

あの校長も人間種族だったけど。

「いいじゃない。今日くらい」

「ダメです！　失礼。私はルリシア様の侍女兼教育係です。

どうぞ、お座りください」

厳しそうな人だなぁ。

そこからは、まず先日の救助に関するお礼を言われ、感謝状と箱に入った勲章を渡された。

もう一枚、貴族であることを証明する証書を渡される。

箱を開けて、勲章を見た。

華の形をした勲章だった。

カバンに付けてキーホルダー代わりにでもするか。

んー、女子が好きそうなデザインだな。

侍女さんがルリシア姫様に代わって、お礼の言葉を言ってくる。

ただ、それは俺ではなくて父親に向けられていた。

ふとルリシア姫様を見ると、戸惑っているようだった。

やがて、社交辞令ではあるが侍女さんが、

「あとは、何かお困りのことがあるようなら申してください。できる限りの力になりましょう」

と言ったら、父がいつもの苦笑を浮かべて、

「では、お言葉に甘えても良いでしょうか？

先日、そちらから雇用についてのお話がありましたが、それは申し訳ありませんがお断りさせていただきたく思います。

ただ、少し今回のことを利用させていただきたいのです」

そう切り出した。

そこからは、侍女さんとルリシア姫様、そして父の話し合いとなった。

侍女さんが渋い顔になる。

しかし、最後には父の提案を了承してくれた。

そこから食事へと移ったのだが、まぁとにかく侍女さんは俺の存在を無視した。

やっぱり付け焼き刃のマナーだってわかるよなぁ。

すいませんねぇ、侍女さん。不快にさせて。

と、ルリシア姫様が俺に声をかけてきた。

侍女さんが口に食べ物を入れた瞬間に話しかけてきたな。

「あ、あのテツさん！　そのテツさんには、こ、恋人、のような、将来を誓った方はおられるのでしょうか？」

「いえ？　いませんよ」

ここで、二次元に複数嫁がいますよ、とか冗談言えたら良かったんだけどなぁ。

侍女さん、冗談通じなさそうだし。

ルリシア姫様の顔がパァっと明るくなる。

「そ、それでは」

「ルリシア様、下品な話題は避けるよう、言いましたよね？」

「で、でも、同年代の方のお話は興味があるの。いいじゃない、それくらい」

女友達いないのかな。

あー、身分が上すぎてその辺難しいのかな？

貴族にも家格とか上下関係があるらしいし。

「そういえば、ルリシア姫様は犬や猫を飼ってるって言ってましたよね？　ウチの猫はもう、お婆で基本日向ぼっこしかしてないです」

困った時はペットの話題だ。

侍女さんに、気安く話しかけんな次期国家元首ぞ？　とばかりに睨まれた。

でも、お姫様は嬉しそうにペット自慢を始めた。

それを俺は相槌をうちながら聞く。

そんな穏やかな時間は、しかし、急に終わりを告げた。

大きな揺れと、爆音が同時に襲い。

闇が広がった。

36

周囲は真っ暗だった。

俺は携帯の懐中電灯のアプリを起動させる。

非常灯の灯りが点々と非常口へと続いている。

「大丈夫ですか?!」

ルリシア姫様と侍女さんへ声をかける。

誰もいなかった。

そういえば、隣にいた父の気配も無い。

いや、誰の気配も無いのだ。

他にも従業員や、客がいたはずなのに、誰の気配も無い。

暗くなる前、地震のような揺れと魔法の特大炸裂弾が爆発したような音が聞こえた気がするんだけど。

まさか、皆さっさと避難したとか?

「でも、父さんが俺を放置するなんて考えられないし」

うーん??

俺は首を傾げる。

携帯で電話をかけようとするが、圏外だった。

なんなんだ?

「貴方、あの男の子供でしょ?」

不思議がっていると、そんな、艶やかな声とともに灯りがついた。

ルリシアお姫様達が座っていた場所に、なんか牛みたいに乳がデカくて、エロい格好をした女の人が座っていた。

「………………だれ？」

「本当、憎らしい。あの男そっくり」

いや、ほんと、お姉さん誰？

「私から愛しい人を奪ったあの男に、本当にそっくり」

いや、だから誰だよ。

「だから。ね？

同じことをするって決めたの」

すみません、起承転結がいい加減でもなんでもいいから、わかるように話してください。

独り言？

もしやこれは大きな独り言なのか？

メンヘラっぽいお姉さんだもんなぁ。

「あの男の大事なもの、その未来を奪ってやるって」

なんだろう、芝居がかってきたぞ。

面白いから動画撮るか。

「だから、奪ったのに。

一度は、復讐してやったのに。
それなのに、ねぇ、なんで？
アナタは奪われたでしょ？
ねぇ、そうでしょ？」
いや、同意を求められても返答に困るわ。
だから、お姉さん誰？
それと何の話だ？
「寒くないですか、その格好？」
動画を撮りながら、俺は試しに聞いてみた。
と、あからさまに不機嫌そうな顔を向けられる。
「その人を小馬鹿にしたような言動も、本当に不愉快。
だから、今度こそ終わらせてあげる。
この悪魔」
いや、見ず知らずの人にいきなり不愉快や悪魔呼ばわりされてもなぁ。
「まぁ、でも、これは復讐だから。恨むなら貴方の父親を恨みなさい」
パチン、とエロい格好をした女性が指を鳴らした。
と、景色が変わる。

景色が完全に変わる直前、耳元でエロい格好をした女性の声が囁いた。

——あぁ、でも、この言葉も二度目だったわね——

誰と勘違いしてるんだろう?

＊　＊　＊

「くぅるるるぅ?」

「どうしたの? ゴンスケ??」

テツの母は、急にそわそわし出したゴンスケへテレビから視線を外して、そう、声をかけた。

餌はさっきやったし、散歩は朝早くにテツが終わらせている。

「ぅうぐぅるる」

ゴンスケはしかし、そわそわしている。

テツの母がそちらを見た時、特徴的な音とともにテレビの上部に字幕でニュース速報が出た。

「ん?」

その速報を読み終わると同時に、画面が生中継の映像へと切り替わった。

映し出されたのは、今日息子と夫が食事会に招かれているホテルだった。

映像は空から撮影しているようだった。

テレビ画面の中では、黒煙が上がり、わらわらと建物から逃げ出してくる人達の姿が映し出されていた。

騒がしいレポーターの声が雑音混じりに届いてくる。

「二人とも大丈夫かしら？」

テツの母親が呟く横で、

「グゥルルルルアア!!!!」

一際大きく、鳴き声とも唸りともつかぬ叫びをゴンスケが上げる。

と、その体が眩い光に包まれた。

「おや、まぁ。

今回の脱皮は派手ねぇ」

午前の畑仕事を終えた祖母が、缶コーヒーを片手に現れて光に包まれているゴンスケを見ながらそう言った。

37

気づくと、俺は外にいた。

遠くから、いや、わりと近いな、プロペラの音が聴こえてきて、上を見る。

青空が広がっていた。すぐ近くに黒煙が立ち上っている。

そして、ヘリコプターが近くを飛んでいた。

「？

どうゆう状況だ、これ？」

すぐ近くにある柵まで近づくと、街が一望出来た。

ホテルの屋上か？

「おい」

俺が考えていると、背後からそう声をかけられた。

振り向くと、特進クラスの制服を着た、何処かで見たことのあるような、いや、やっぱねーや。

初めて見る顔の、同学年くらいの生徒が俺のことを睨み付けていた。

「ドブネズミ、今度こそお前を駆除してやるよ」

新手の厨二患者だった。

特進クラスって、ストレス多そうだもんなぁ。

えーっと、出口は、あ、あったあった。

「って、聞けよ！」

「なんか危なそうだから、さっさとお前も逃げた方がいいんじゃね？」

「馬鹿にすんじゃ、ねーーー！！」

出入り口のドアノブを回す。

あれ？

鍵かかってる？

あ、

「らっきー、小銭めーっけ」

俺は、出入り口のすぐ側に落ちていた銅貨を見つけ、拾おうと屈む。拾って頭を上げる。

瞬間。

ガンっ！

何かが俺の頭に当たった。

「ん？」

俺はそちらを見る。

剣の柄が見えた。

その先にあるはずの刃は、途中で折れてカラカラと音を立ててすぐ近くに転がった所だ。

「は?」

訳がわからない、という表情を特進クラスの生徒は浮かべる。

「あー、刃物は人に向けちゃいけないだろ。

俺だから良かったものの」

「嘘、だろ。だって、神様の加護を受けた特別な武器だって、言ってたのに」

「?」

そういう設定なのか。

でもなぁ、いくら厨二とはいえ、刃物持ち出しちゃダメだろ。

と、今度は足元に違和感を覚えて、跳んで避ける。瞬間、魔法陣が展開して、雷の柱が今まで俺がいた場所を穿った。

あっぶねーーー!!!

なんなんだよ、もしかしなくても喧嘩売られてる?

でもなぁ、知らない人に恨みを買うことなんて、少なくとも今日はしてないんだけどなぁ。

あー、でも駅とかですれ違った時に肩がぶつかったことでブチ切れて暴行をする人もいるからそれかなぁ。

それかな?

いやでも肩がぶつかった記憶はないしなぁ。

うーん？

着地して俺が悩んでいると、ポケットで携帯が震えた。

携帯の通話ボタンを押して、電話に出たら、今度は槍を持って特進クラスの生徒が襲いかかってきた。

あの槍、どっから出したんだろ？

『アンタはいったい、何に巻き込まれてるの⁉』

姉だった。

「いや、知らん」

『知らんじゃないでしょ！

なに、遊んでるの‼

そんな槍小僧くらいさっさと殴って止めなさい‼』

「暴力は良くないと思うんだよ、姉ちゃん。

って、え？

なんでわかったの？　槍に襲われてるって」

『動画サイトで生配信されてるの‼』

姉よ。もしかして、彼氏が出来ずに暇だからこんな昼間っから動画漁ってたのか？

「なるほど」

『なるほどじゃないでしょ！』

俺は繰り出される槍の攻撃をひょいひょい避ける。

「いや、万が一にも怪我させちゃうとさー」

『正当防衛!!』

「でも、」

『あー!!　もう、埒が明かない!!』

耳元では姉の、眼前では初対面の特進クラスの生徒のイラついた声が届く。

「さっきから何をごちゃごちゃと一人で喋ってるんだ！

このクズのネズミがぁあああ!!」

五月蝿いなぁ。

と、今度は周囲が暗くなり始めた。

空に真っ黒な雲が出現したのだ。

ただ、それはこのホテルだけで、他は青空が変わらずに広がっている。

『誰の弟がクズのネズミだって？　もう一度言ってみろや、このガキんちょのボンボンがァァ嗚呼!!』

姉のブチ切れた声とともに、特大の雷が特進クラスの生徒へ向かってピンポイントで落ちた。

いや、幼少時代の姉ちゃんも相当俺の事、おもちゃにしてたじゃん。

姉ちゃんがそれ言っちゃいけないだろ。

38

よく、女の子に対して淡白だと、マサに言われてきた。

だが、違う。

破壊の権化、破壊神の生まれ変わりのような姉を見てたら夢を見なくなっただけだ。

偏見、差別、その他諸々、ネットで炎上しそうなことを呟けば、女というものは老若問わず、猫を被ると知っているからだ。

まぁ、姉のような豪快で家でも平気で下着もしくは裸で過ごすような女はそうそういないとは思うが。

正直、中身見ても動じなくなってるし。

あ、でも、姉と違って最近知り合った同年代の女の子達はとてもいい匂いがした。

別に姉が臭いとかではなく、あんな品のいい香水があるんだと初めて知ったからだ。

さて、その姉の遠距離操作魔法攻撃が炸裂したのだが。

こういうのって許可とか資格とか要るはずなんだけどなぁ。

まぁ、気にしないでおこう。

雷の直撃を受けた、特進クラスの初対面の人は黒焦げになってその場に倒れた。

『ははっ、金持ち貴族がなんぼのもんじゃい』

「姉ちゃん、殺人だよ」

『………私が、そんなヘマすると思う？

アンタが思ってる以上に私の交友関係は広いのですよ』

「どうゆう意味？」

『アンタ、き――に、――――――って――？』

急に姉の声が遠くなる。

「え？　なに？」

『それ――に、――まれたの』

そこで、通話が切れた。

見れば、圏外になっている。

「なんなんだ？」

とりあえず、さっさとここから離れよう。

俺は携帯をしまって、ふと黒焦げになったそれを見た。

なんと、黒焦げの死体がゆらり、と立ち上がったのだ。

なにこのホラー。

よし、逃げよう。

俺は、走って出入り口へ行こうとして、途中で見えない壁のようなものに阻まれた。

「？」

ブツブツ、背後から黒焦げでもはや顔立ちすら認識できない生徒が迫ってくる。

壁に手を触れながら、俺は黒焦げから逃げる。

そして、わかった。

円形状の見えない壁の中に囚われてしまったのだ。

と、今度は父とアストリアさんのお父さんが足場なんて無いはずの、もっと言えば建物の側面で窓くらいしかない所から飛ぶようにして、屋上に現れた。

アストリアさんのお父さん、父さんにおんぶされてる。

そういや、先輩って言ってたけど学校一緒だったのかな？

「おい、大丈夫か？」

「なんとか」

父へそう返す。

と、

「あ、うしろうしろー!!　テツ君、うしろー!!」

アストリアさんのお父さんの声に振り向く。

黒焦げが、大きな槍を振りかざす。

うーん、この槍特殊な加工でもされてんのかな?

全然黒くない。

俺は転がって攻撃を避ける。

「おい、お前いい加減降りろよ」

「えー、先輩の背後が一番安全じゃないですか。

万が一にも愛する嫁と子供達を置いて天国行くことになったらどうするんですか!」

「いや、なら付いてきてんじゃねーよ」

「だって、もしもテツ君が怪我とかしてたら大変だなって思って。

冒険者は引退しましたけど、聖職者は現役なんですよ!

回復なら超優秀ですよ、俺!」

なんか、子供っぽい人だなぁ。

「耳元で騒ぐな、うるさい」

とかやりながら、父はどこからともなく出現させた刀を一閃させる。

どうやら見えない壁を斬り裂こうとしたようだ。

しかし、火花のようなものが微かに散っただけで、壁が無くなった気配は無かった。

「ちっ、駄目か」

「先輩、多分ですけどあの黒焦げアンデッド倒さないとなんじゃないですか？」

あー、やっぱ、そっかー。

「………………」

父が苦い顔になった。

「先輩？　なんか心配ごとでもあるんですか？

先輩のお子さんなら、あんなアンデッドくらい」

「お前、自分の娘にそれ言えるか？」

「…………時と場合によりけりです。

そういう状況にならない限りは遠慮したいですね。

でも、先輩。今は、そういう状況でしょ？」

少しの間があって、父が怒鳴るように言った。

「テッ！　お手伝いだ！　それを壊せ!!」

「アイアイサー」

俺は、父の指示に、その場にただ突っ立った。

そして、黒焦げがニヤニヤ笑いながら槍を掲げて迫ってくるのを静かに見つめる。

そして、突いてきた槍を片手で摑んで、そのまま相手ごと持ち上げる。

「よいしょっと！」

そのまま勢いよくコンクリートの床へ叩きつけた。

そして、動けないように手足を踏んで割る。

壁はまだ消えない。

「テツ、頭と心臓の部分もだ」

苦しそうな父の声に、俺は目を瞑り木の枝を踏むイメージで、言われた場所を踏み抜いた。

頭を踏む直前に、

「なんで、俺が」

そんな言葉が聞こえた気がした。

正直、マサやリーチ、ツカサとか友達の誰かじゃなくて、そして家族の誰かじゃなくて、見ず知らずの誰かさんで良かったと思いながら、俺は下を見ないように、少しだけ上を見るようにして瞼を開けた。

もう、姉ちゃんが出した黒雲は無かった。

ただ、ずっと朝から変わらない晴天が広がっていた。

39

「よし、とりあえず避難するぞ！」

父の言葉に俺は現状がイマイチ理解出来ていないので、首を傾げる。

「というか、この騒ぎ？　騒ぎは何なん？

何が起きてる？」

この疑問に答えてくれたのは、アストリアさんのお父さんだった。

「魔族に襲撃されたんだよ」

「魔族？」

魔族というのは、亜人種の一つだ。

…………一つだったはずだ。

大昔の基準で言えば、うちの祖父母なども魔族になるらしい。

現代の基準だと、見た目は人間と同じ。

違うのは魔力の絶対量と寿命。

世界大戦時代じゃあるまいし、現代じゃ別に攻めて来るような大事なことは起こっていないはずだ。

「テロリストだよ、テロリスト。どっかで情報が漏れてたんだ」

父の言葉に、アストリアさんのお父さんが尋ねる。

「情報って。先輩、なんの情報が」

「今日、ここにはお忍びでウェルストヘイムのお姫様が来てんの。ほら、留学中の。で、ついさっき、襲撃とほぼ同時にカリエルさんからその辺の情報が流れてきたんだ。杞憂かもしんないけど、気をつけろってな」

「あの熊野郎、まだ生きてたんですね」

熊野郎、か。

まぁ、たしかにカリエルさん熊みたいな外見だったもんなぁ。

「で、見事に襲撃された、と。じゃあ、さっさと嫁と子供達と合流しましょう。もう、全員」

「だな」

そんなやり取りを見ていると、また携帯が鳴った。

姉からだった。

『ぶじーー？？！！』

キーン、と耳が痛くなる。

と、ほぼ同時に、青空の下飛んでいたヘリが爆発、炎上した。

ホテルより離れている場所だったので、街中へ墜落してしまった。

「タカラだな。テツ、電話貸せ」

「ん」

父に携帯を渡す。

そういえば、あのメンヘラ気質のエロい格好の人何だったんだろ？

後で父さんと姉ちゃんに動画観てもらお。

＊　＊　＊

「ぎゃっ！　ぎゃっ！」

天井には幸いにして届かなかった。

しかし、

「大きくなったわねー、ゴンスケ。

でも細長いから、そんなに場所取らないか。」

蛇に前足と、うしろ足がついたドラゴンへと、ゴンスケは姿を変えた。

誇らしげに、ぎゃうぎゃう喚きながら、

「ぎゃうっ！　ぎゃうっ！　ギャギャ！」

いつもの様に尻尾を矢印に変化させて、ゴンスケはテレビを指し示す。

「倅と孫なら多分大丈夫だよ、安心しな」

テツの祖母の言葉に、ゴンスケは頭をブンブンと横に振る。

ピンときた、テツの母が、

「もしかして、テツ達を迎えにいきたいの？

うーん、でもねぇ、今お義父さん軽トラで出かけてるし。

私やお義母さんの車じゃ、ちょっと狭いだろうし。

帰ってくるの待ってなさい」

ゴンスケは、テツの母の言葉に頬を膨らませると、

「ぎゃうるる！」

やはり動きは前と同じで、のっそのっそと玄関へ移動する。

そして、

「ぎゃうるる！　ぎゃうぎゃう!!」

玄関の扉を開けろと催促する。

「外に出たいの？　あ、自分で迎えに行きたいのか」

テツの母が玄関までやってきて、ゴンスケへそう聞く。

今度は、ゴンスケは首を縦に振った。

「でも、ゴンスケ、歩きじゃとてもじゃないけど」

尚もそう言ってくるテツの母に、ゴンスケは向き直ると彼女の着けていたエプロンを噛んで引っ張る。

と、そこに、ポンが現れて一声鳴いた。

「ポン？　どうしたの？」

「にゃう」

もう一度、何かを訴えるように鳴いた。

するとゴンスケが応えるように、

「くぅるるぅ」

そう鳴きながら、ゆっくりとその巨体が少しだけだが、浮き上がった。

「なるほど、わかった。

でもゴンスケだけじゃ迷子になるからね、私を乗せて行くこと。それと、ちゃんと私の言うことを聞くこと、出来る？　出来る子は手ェあげて」

そのテツの母の言葉に、

「ぎゃう!!」

自信満々な返事をしつつゴンスケは前足を上げようとして、バランスを崩して尻もちをついてしまう。

何が起きたのかわからないのか、ゴンスケは尻もちをついたそのままの状態で、母を見返した。

テツの母は苦笑いしながら言い直す。

「ちゃんと言うこと聞ける良い子は、尻尾をあげて」

「ぎゃうぎゃう！」

ゴンスケは、今度は綺麗に尻尾をピンっと立てたのだった。

40

「マジか」

電話の向こうの姉に何を言われたのか、父が物凄く面倒臭そうな表情になった。

「いや、ありがとう。助かった」

そして、通話ボタンを切って俺に携帯を返しながら父は言ってきた。

「面倒臭いことになった」

「先輩、今の電話、誰です？」

「上の子、タカラだ。

今、ニュースでここのことが出てるんだと。

で、どうも、建物内は占拠されたみたいだ。

人質をとってな。最悪なことに、お姫様を含めた民間人とともにテロリスト魔族達はこの国とウェルストヘイム、両国に囚われてる仲間の釈放を要求したらしい。

今は、それこそ動画サイトなんてものがあるからな、そっちの方で動画を投稿、視聴数が伸びてランキングトップに載ってるみたいだ」

テロリストって、動画サイト使うのか。

なんか、意外だ。

「時代ですね〜」

「SNS、だったか？

そっちの方でも、野次馬達がこのホテルに近づけるギリギリの場所から撮影した短めの動画が投稿されてるらしい」

「どれどれ」

俺は携帯を操作して、入れてるアプリを起動させる。

動画サイトの方がいいかな？

それに気づいた二人が画面を覗き込んでくる。

アンタらは、ステータスウィンドウがあるだろ、そっち見ろそっち。

「あった、コレだな」

現在動画サイト内ランキング一位の動画をタップして、全画面表示にして再生する。

そこに映し出されたのは、宴会場のような場所に一纏めにされた人質の人達と、いかにもな武装をした男達だった。

リーダーっぽい人が、淡々と要求を告げる。

どうやら、時間までに要求が通らなかった場合は五分ごとに人質を殺して行くことに決めたらしい。

武装集団の中にも人質の中にも、あのエロい格好の女の人はいなかった。

「あ、マジっすか、これ！」

人質の中にアストリアさんを見つけた、彼女のお父さんが声を上げた。

お母さんと弟君の姿は確認できない。

そして、自分の携帯端末を取り出すと何処かに電話をかけ始めた。

俺は動画を観続ける。

「あ、いた」

アストリアさんのすぐ近くに、ルリシア姫様らしき姿を見つける。

というか、人質は女性や子供、年寄りが多い。

ただ、侍女さんの姿は見えない。

「こういう時って、機動隊とか特殊部隊とかが動くんだっけ？」

「まぁ、一応。場合によっては、冒険者ギルドに依頼がくる」

たかだか人材派遣会社に？

あ、そっか、そういう経験者がなる場合もあるのか。

伝手とかそんな感じで来るのかな？

「裏任務として、俺らが処理できませんかねー？」

電話をかけ終わったのか、アストリアさんのお父さん——これ言い難いんだよな。長いし。

アス父でいいかな？

トリ父？

うーん、おじさんでいっか。

おじさんが、そんなことを口にした。

父が、ちらりと、俺を見る。

「俺、そこまで詳しくはないですけど、ウェルストヘイム側は要求呑むと思います？」

「さて、どうかな。あの国も何かときな臭いからな。

お姫様はお忍びでここにいた——いや、待てよ？

あの時もお忍びだったよな？」

父が確認するように、俺に聞いてくる。

「あの時？」

「ほら、最初にルリシア様を助けた時。

俺、お前に言っただろ」

あー、そういえば、お忍びでーとかなんとか言っていたような、そうじゃなかったような。

「あれ、もしかして偶然とかじゃなくて計画的に襲撃されたンだとしたら」

「でも、あの時って父さんが指名手配犯の潜伏場所を調べてから行ったんだし、たまたまでしょ」

「俺らがいなかったら、お姫様はどうなってたと思う？」

「そりゃ、いいように嬲（なぶ）られて殺されてたんじゃ？」

「殺された後は？」

「後？」

おじさんは黙って、俺達のやり取りを見ている。

「うーん？　あの時はルリシア様はお忍びだったわけで。

そういえば、少人数で動いてたんだっけ？

ってことは、あの侍女さんにも内緒だった？

仮にそうだとすると、あのままルリシア姫様が殺されてたなら、表向きには別の場所にいたのに忽然と消えて行方不明になったように見える、かな」

　そこで、ようやくおじさんが口を挟んだ。

「なーんか、それだけ聞いてると暗殺みたいですね、先輩？」

41

「やっぱりそう思うか？」

「先輩達がルリシア様と出会った詳しい状況は、よくわからないですけど、今の話聞いてるだけでそんな感じですもん。

　そもそも、少人数でも王族の護衛がやられるって相当じゃないですか？

　エリート中のエリートを殺したってことでしょ？

　まぁ、作戦とかちゃんと立てて、さらにその手配犯の奴らがよっぽど優秀だったってことなんじゃや？

　お忍びって言っても、移動手段もそうですけど、その道も安全なルートをとると思いますし」

「でも、なんで暗殺？

　そんなにルリシア姫様の国ってゴタゴタしてんの？」

おじさんに続く形で俺も疑問をぶつけてみる。

すると、父が逆に聞いてきた。

「テツ、お前不思議に思わなかったのか？」

「？」

「彼女が、王様になることに」

「なんで？」

そこで、おじさんがピンと来たようだ。

「先輩。時代が違いますよ。俺達の時とは、時代が違うんです。今は、男女平等が当たり前なんですよ」

そこで、俺もやっと理解した。

そうだ。

世襲制や家督を継ぐ場合、俺の住むこの国も、そしてウェルストヘイムも、いや、この大陸のほとんどの国で優遇されていたのは男だ。

貴族も庶民も関係なく、男が家を継ぐものと決まっていた。

女系で子供が女しかいない場合は、他所の家の次男三男坊を婿に貰うというのが、それこそ祖父母の頃には普通だった。

それが変わり始めたのが父くらいの時代だ。

女に学は要らない、外で働かずに家を守るなんていうのは今や時代遅れだが、それでも家を継ぐとなると、やっぱり長男という考えはまだ染みついている。

しかし、だ。

共働きに関してだけ言うなら、農家はむしろ寛容なくらいだ。

逆に、専業主婦なんて見たことない。

「なるほど、だから疑問に思わなかったのか」

父は納得したようだった。

そして、掻い摘まんでルリシア姫様の国のことを話してくれた。

なんというか、血みどろな話だった。

ルリシアお姫様は現国王と正妻の間に生まれた子供であり、女であったということと末っ子だったため、元々、王位継承権はそんなに高くなかったらしい。

それでも、王族ということもあり見聞を広めるため留学していたのだが、この一年未満の間に上の子供達、つまりルリシア姫様の兄達が互いを蹴落としあって全滅し、気づけば直系はルリシア姫様と現国王の側室と愛妾の子供だけが残った。

さて、ここで今度は側室の、それも男を産んだ側室の実家がでしゃばってくる。

女に国を運営するのは難しい、側室の子の中から次代の王を選ぶべきである、と。

それに待ったをかけたのが、ルリシアお姫様のお父さん派閥だった。

下手に国の実権を握らせたくないのはどちらも同じで、さらにルリシア姫様のお父さんお母さんは、やはり自分の子に跡目を継がせたかった。

となると、今度は将来のお相手選びだ。

父によると、噂でしかないが、留学にはそのお相手選びも含まれているのだとか。

「まぁ、お相手選びは本当に噂で。

でもま、本当のところは、とりあえずまだ安全な国外へやって国内の諸々を調整したら呼び戻すってこと、らしい」

「でも、暗殺されかけてるじゃん」

「それだけ本気ってことなんだろ」

国の実権握ったところで、仕事が増えるだけだと思うのは俺だけだろうか？

なんでわざわざ面倒臭いことをしようと思うのか、ちょっと謎だ。

「とりあえず、早く助けた方がいいと思うんですよ、先輩。

主にうちの娘を！」

「相変わらず思考がクズだなお前」

「自分に正直なだけです。

あ、嫁と息子は無事でした。

停電して外に避難してる途中で、娘だけはぐれたみたいです」

「ルリシア姫様の隠密護衛も、動画の様子からしてやられてるよな」

「隠密護衛？」

聞き慣れない言葉だ。

「気づかなかったか？　駐車場からずっと俺達監視されてたんだぞ」

あー、そういや、変なタイミングで父さん後部座席確認してたような。

あの時かな？

「でもさ、よくよく考えるとよくこんなホテルで会おうと思ったよなぁ、ルリシア姫様。

普通、逆でもっと安全な場所で会うか、警備をキツくしない？」

「だからこその隠密護衛なんだよ。あの国だと非公式でそれこそ都市伝説みたいなものだから、その存在は表向きには【無い】ことにされてるし。

噂じゃ、隠密護衛の予算申請は宮殿のトイレットペーパー代で出されてるとか、いないとか」

「でも先輩。隠密護衛ってそれこそ、その道のエキスパートのエリート集団だったと思うんですけど。

そういえば、先王時代に、先輩がその鼻っ柱折るまでは大陸最強を自負していた気がするんですけど。

そんな人達が簡単にやられるとは、思えないんですけど」

エリート集団の鼻っ柱折ったのか、父よ。

「……………とりあえず、人質助けるか。

これも乗りかかった船ってやつだし」

父さんが、おじさんの言葉を無視して、頭を掻きつつ俺に言ってくる。

折ったんだな、鼻っ柱。

「テツ、冒険者ギルドと、もう一度タカラに電話してくれ」

「姉ちゃんはともかく、冒険者ギルド？　なんで？」

「仕事をするには、事前の根回しも大事なんだよ。角が立たないようにな」

大人の事情というやつか。

それにしても、仕事をするって大変なんだなぁ。

というか、父さん。

冒険者ギルドの番号、登録してないのか。

そうなのか。

42

気づくと、人数が減っていた。

コレって地味にホラーだよなぁ。

「あ、ありがとうございます！　ありがとうございます!!」

「やった！　助かったーー!!」

「おがあああざあああん!!　どごぉぉおお？？！！」

「あの武装集団が持ってたの、最新の銃と旧式が混じってた！　マジ感動なんだけど、生で、しかも間近で見れた!!

そう！　このご時世に普通の銃だったんだよ!!　術式加工してないやつ!!

魔法弾じゃなくて、実弾!!

絶対、大戦時のやつだって!!」

最初はきょとんとしつつも、助かったことがわかると途端に人質だった人達は、そんな声を上げる。

まずは年寄りと未就学児、そしてその未就学児の親御さんを中心に、一人から多くて三人までを、転移魔法を駆使して、なるべく、テロリスト達に怪しまれないように救出している最中である。

それも野次馬達からも離れた場所、冒険者ギルドの多目的ホールだ。

『携帯の充電だけは気をつけなさいよ』

手に持った携帯端末から、そんな姉の声。

「わかってるよ」

作戦はこうだった。

テロリスト達が提示した時間までに、助けるだけ助ける。

というのも、特殊部隊なり機動隊なりが出てきても人質が怪我をする可能性が、あるからだ。

最初父は、姉ちゃんが転移魔法を遠隔操作で展開して全員助ける、ということも考えたらしい。

しかし、姉曰く、『出来なくはないけど、確実に取りこぼしが出て、立てこもってるテロリスト達を刺激する自信がある』とのことで、回りくどい方法をとる事になったのだった。

魔法のことはよくわからないが、とにかく何か不測の事態が起こっても被害がより小さく済む方法を選んだらしい。

まず、父さんが冒険者ギルドから得た人質が囚われてる場所の位置情報を姉ちゃんに教える。

それから、魔法を遠隔操作して俺達の姿を消してもらい、人質がいる場所に転移。

警察などの機関は、特例として事故事件の現場にすぐ駆けつけられるよう、転移魔法を使用できるが、一般人の場合その魔法の使用には国家資格が必要になってくる。

それも、特に難関な資格試験の一つをクリアしなければならないらしい。

また、転移魔法を使用後は色々と書類を書いて、役所と警察などに届け出なければならないのだとか。

でないと、空き巣や犯罪をやりたい放題になってしまうからだ。

こう説明すると、ならわざわざ俺や父が行かなくても一人一人転移させればいいじゃないかという話になるが、こうして携帯で繋がっているからこそ細かい魔法操作が出来るのだとか。

ちなみに、父は護衛で俺が選ばれたのは不安がってる人質達の警戒心を解くため、らしい。

アストリアさんの父――おじさんは外で待機して救助された人達の介抱をする係だ。

怪我とかしている人達がいたら、回復や治癒をするんだとか。

ちなみに、現役のお医者さんだった。

救助した何人かの人は、患者さんだったようでとても驚いていた。

人質の人数が減りつつも、怪しまれないように姉は巧みに幻術も展開させている。

それにより人数を誤魔化すことには成功していた。

そうこうしているうちに、あと数人で最後の二人となる。

アストリアさんとルリシア姫様だった。

この二人が後回しになったのには、近くをやたらうろうろしている武器を持ったテロリストがいたからだ。

やはり、ＶＩＰだからか。

でも、だったら別の部屋にでも移動させればいいのに、とも思うが。

あ、もしかして、暗殺が目的ならドサマギで殺せるようにってことなのかな？

父さん曰く、指示待ちをしている感じらしいし。

そう、要求が通るのを待っているのではなく、指示待ち。

父曰く、

「トカゲの尻尾切り、なんだろうなぁ」

とのこと。

父は必要以上の情報を俺には言わなかった。

トカゲか。

そういえば、ゴンスケの奴今日あたり脱皮しそうだったんだけど、大丈夫だったかな。

帰ったら家が全壊してたとかだったら笑えないよなぁ。

まぁ、そんなこんなで救助は無事に進み。

残るは、アストリアさんとルリシア姫様の二人となったのだった。

43

地上よりは高く。

雲よりは下を、その長細い白線のような身体が滑るように飛んでいた。

「ぎゃうっ♪　ぎゃうっ♪　ぎゃっうぎゃう♪」

「上機嫌ねぇ。まぁ、おめかしみたいなものだから、早く見せたいのはわかるけどね」

「ぎゃうっ♪」

「でも、ゴンスケ。明日からテツ学校だからね」

「くぅるる？」

「そ、学校」

テツの母の言葉に、最近はずっと家にいたテツが前みたいに朝にいなくなって、夕方か夜に帰ってくる生活に戻るのだとゴンスケは察したようだ。

ちょっとしょんぼりしている。

「まぁ、ずっと一緒にはいられないからねぇ」

「ぐるるぅ」

と、そこでテツの母が下界を見下ろす。

斜め下に、テツ達が喚ばれたホテルが見えた。

ホテルからは、こちらからは火の手は見えないものの、黒い煙が上がっていた。

そんなホテルを取り囲むように、野次馬と、警察車両、救急車両が見える。

「うーん、ちょっと近づきすぎるのは危なそう」

テツの母はキョロキョロと、ホテルの周囲を見る。

なるべく人気(ひとけ)のない場所を探して、見つける。

「あ、ゴンスケ。あそこに降りなさい」

「ぎゃう」

ゴンスケが指示に従って降下しようとした時。

『こらー!! そこのドラゴンライダー! 止まりなさい!』

音割れした、そんな声が届く。

声は、次第に近づいてきた。

そちらを見ると、空飛ぶ白バイこと、ワイバーンに乗った制服姿のお巡りさんがこちらにやってくるところだった。

「ぎゃう?」

ゴンスケが、何アレ何アレ、と体をそちらに向ける。

「あー、そっか、ノーヘルだった。

ゴンスケ、ちょっと待ってね」

テツの母が、やっちまったぜ、とばかりに呟いて空飛ぶ白バイがやってくるのを待つ。

やがて追いついた空飛ぶ白バイ隊員が、声をかけてきた。

「お姉さんノーヘルはダメだよー。ちゃんと被らないと。

それとロングとはいえスカートと突っかけもね。危ないから。

怪我してからじゃ遅いんだよ?

プロテクターと専用ブーツは必須だよ必須。

あとこの辺、いま大変なことになってるから、ちょっと降りてから話そうか。

降りたら免許証とドラゴンの登録証、見せてね」

「はい、すみません」

テツの母は、素直に隊員に従う。

「ぎゃう？」

ゴンスケが不思議そうに、隊員と、空飛ぶ白バイのワイバーン、そしてテツの母を見る。

と、ワイバーンが鳴いた。

「ぐぅるる」

「ぎゃう？」

「ぐるっ！」

「ぎゃうるる！」

ゴンスケがゆっくりと降下し始めた。

そこから、適当な場所に誘導され、テツの母が隊員とやり取りする。

と、ゴンスケは風に乗ってきた焦げ臭いにおいの中に、大好きな飼い主の匂いを嗅ぎとる。

そちらの方を見ると、家のテレビにも映っていたあの建物。

ちらり、とテツの母を見る。

まだ時間はかかりそうだ。

早く終わらないかなぁ、と待っていると焦げ臭さと飼い主の匂いの中に、ゴンスケの嫌いな匂いが混じっていることに気づく。

もう一度、ちらり、とゴンスケはテツの母と隊員、それとゴンスケを誘導してきたワイバーンを見る。

ワイバーンは、隊員の方を注視している。

スピードも出ていなかったし、まだゴンスケが子供で従順だったということがあり、油断したのだ。

一通りの話が終わり、警察署まで転移して他の必要書類を書くという段階になって、テツの母がゴンスケに声をかけた時、気づいた。

「それじゃ、ゴンスケって、あ、あれ？　ゴンスケ？」

その姿が忽然と消えていたのだ。

44

「明日からテツが出てくるね～」

ツカサは、一緒にカラオケへ遊びに来ていたリーチへそう言った。

持ち込み可の所なので、歌が一区切りすると持ち込んだリーチの家族が作った大量のサンドイッチをパクつく。

「まさか、予定が入ってるとはなぁ」

本当は、謹慎が明ける前祝いで一緒にカラオケで遊ぼうと思っていたら先約があったらしい。

リーチも、食べ慣れたサンドイッチへ手を伸ばす。

「うちの母ちゃん、今日テツとも遊ぶと思ってアイツの好きな海老カツ大量に入れてるし」

「あー、この海老カツサンド、テツ用か。

まぁ、テツはいないし僕達が美味しく食べよう」

そうして、ツナマヨ、カツサンド、フルーツサンド、ハムとレタスのサンドと消費していく二人。

その二人に、登録している動画サイトやらニュースサイトから新動画と記事のお知らせが届いた。

空中に指を滑らせて、二人はまずは動画を確認する。

「は?」

「え、これテツじゃね?」

「…………もしかしなくても、リーチ同じの観てる?」

「たぶん。ホテルの屋上？　でカミナリが落ちる動画」

「あ、それそれ！」

「なんか、生配信もあるな。何が起きてんだ？」

「記事の方だと、なんかホテルがテロリストに占拠されたっぽいことが書かれてるけど」

「いやいや、その占拠が本当だとしても、この動画観る限りだと、テツらしき奴が魔法使ったことになるぞ」

「それはないよねぇ。テツ、魔法使えないし」

「というか、そもそもこんなホテルにいるわけないか」

「世の中、同じ顔の人間は三人いるらしいからなぁ。

まぁ、でも、テツならこういう騒動でも身を守るくらいは出来ると思うけどな」

ケケケ、と意地の悪い笑みを浮かべるリーチにツカサはそういえば、と尋ねる。

「今更だけど、リーチって高校入る前からテツと知り合いだった？」

「んあ？　違うけど。知り合いじゃないけど知ってはいた」

「なに、謎々？」

「俺のいとこがテツと幼なじみなんだよ。

小中と卒アル見てたから顔も知ってたし。

そのいとこから色々話聞いてたからなぁ」

「へぇ、珍しいね。いとこなのに仲いいって」

「いとこ連中は基本女ばっかかなんだよ。

親戚の家とか行くと話合わなさすぎてさー。あ、男もいなくは無いけど、年上でやっぱり話が合わなくて。

唯一、そのはとこが歳が同じで、話も合ったから。なんだかんだで付き合いが続いてる」

「なるほど。

でもさー、テツもアレだよね。よくあそこまでコンプレックス持たずに来たよね。すごく羨ましい」

「……いや、そういうわけでもないらしい。

まぁ、見た目にはわかんないもんだしなぁ、そういうの」

「ってことは、やっぱり魔力が無いことに負い目を感じてるの？」

「普通の人が普通に出来ることが出来ないってなるとなぁ。

かなりのハンデだろ？

だって、普通に走れる、体を動かせる、他人との会話も支障なく出来る。理解力だってある。

体に何かしらの問題があって、食事制限があるわけでもない。

ただ、魔法が使えない。それだけだ。

他の奴らにはある、あって当たり前の機能がテツにはない。

それだけで、就職にも不利になる。

これは、はとこに聞いた話なんだけどな。だからこその家政科選択なんだと。

あいつ、進路はもう決めてあって、将来は菓子職人（パティシエ）か調理師の資格とってそっちの方で食ってくみたいだ。

魔法付与した料理もあるけど、普通に食べてく分には魔法必要ないしな。

それに、飲食店（サービス業）は常に人手不足だし。

ウチの父ちゃん達も魔法使わずにパン焼いてるしなぁ。

調理をするのに、魔法は関係ないってことがはとこ曰く、テツの救いになったらしい」

もっと言えば、その救いに巡り会う前のテツは虚構（創作物）に救われていたらしい。

現実でない夢物語には、テツのように何も持たない、それこそ魔法を使えない嫌われ者の主人公が活躍し、やがてその存在を認められていくという王道な話がこれでもかと存在する。

だからこそ、そこに、テツは誰よりも感情移入することで逃避と言われようと、心を救われていたのだ、と、リーチのはとこであるマサが、冗談混じりに話してくれたことがあった。

「救いかぁ。見てる分には、そんなに悲壮感とかなさそうだけどねぇ。

あっ」

「どした？」

「生配信!!　今、ドラゴンがホテルに突っ込んだ！」

「え？」

「動画のアドレス送った!!　なんか、白いドラゴンが宴会場がある場所に突っ込んだっぽい！」

「ありゃま、本当だ。

うわ。コメントが弾幕になって画面見えねぇ」

「コメント機能、オフにしなよ」

「もうした。ん？

このドラゴン？　尻尾がテツの飼ってるゴンスケに似てるような？」

「そう？」

「頭は建物の中だから、なんとも言えないけど、なんとなく？」

「なにそれ」

45

小さく、俺は残った二人へ声をかけた。

二人とも、一瞬驚いた顔をしつつもすぐにポーカーフェイスを貼り付ける。

やっぱり、どんなに可愛くても女の子って生まれながらの役者だよなぁ。

怖い怖い。

手短に事情を話し、姉による転移のために二人に触れようとした時、それは起こった。

「ぎゃうるるるー！」

聞きなれた鳴き声。

咆哮とまではいかない、そんな鳴き声とともに外に面していた、そして、カーテンで覆われていた窓が盛大に割れたのだ。

また、少し姿が変わっていた。

やっぱり今日だったかー、脱皮、じゃなかった進化。

というか、なんでお前ここにいるんだよ？

突然のドラゴンの登場に、武装集団は一瞬の間の後パニックを起こして銃を乱射し始めた。

「ご——」

しかし、俺がゴンスケの名前を呼ぶ前に、ゴンスケの体がその弾丸を弾く光景を目の当たりにした。

中には火や水、雷などの魔法弾もあったが、それを浴びてなおゴンスケはきょとんとしていた。

ゴンスケ、お前チート無双機能が備わってたのか。

すげえな。

そういや、じいちゃんが言ってたな、戦車の装甲の一部にはドラゴンの鱗が使われてるんだとか。

なるほど、この硬さなら納得だ。

「おい、二人抱えてゴンスケまで走れ」

横にいた、同じく姿を消していた父がそう指示してくる。

「え、でも、姉ちゃんに転移してもらえば」

『幻術が強制キャンセルされてる。干渉受けてるわ。

転移出来なくはないけど、残ってる人質さん達は空から落ちても潰れたトマトにならないくらい頑丈だったりする？

もしくは水中やコンクリの中に入れられても生きてられるくらい生命力強い方？』

なるほど、つまり現状無理だと。

「グゥルル!!　ぎゃっう！　ぎゃっう!!」

直後、ゴンスケがなにやら唸ったかと思うと興奮し始めた。

「お嬢様方、ちょっと失礼しますよ」

俺は、一言そう断って、しかし返事は待たずアストリアさんとルリシアお姫様の二人を両脇に抱える。

「おおー、テツ君、力持ち」

あの父親（おじさん）にしてこの娘ありだな、アストリアさん動じて無さすぎる。

ん？　君付け？

まぁ、いっか。

一方、ルリシア姫様の方はというと顔を赤らめて恥ずかしそうだ。

すみませんね、緊急事態なもので、ちょっと我慢してくださいね。

「あ、あの、重くないですか？　大丈夫ですか？」

そっちか!!

ルリシア姫様も、将来漢らしくなりそうだな。この余裕。

いや、この場合、肝っ玉か？

「大丈夫ですよ、うちの姉とゴンスケに比べれば」

携帯が繋がりっぱなしだったので、俺の言葉が聞こえたのだろう。

姉の低い声が、携帯から漏れでる。

『夏休み、覚えてろ愚弟』

お姉様、口調が変わってますよ？

夏休み明けたら、俺、石の下にいるかもな。ご先祖さま達と一緒に。

「？？？」

黒い声に、ルリシアお姫様が戸惑ったように、周囲を見回す。

しかし、それに構わず俺はゴンスケの所までダッシュする。

「うああ！　はやいはやい!!」

きゃっきゃっとアストリアさんがはしゃぐ。

あー、この子供っぽさ、親子だなぁ。

俺が走り出すと同時に、銃の乱射が止む。

なにやら、人の倒れる音が聞こえるが気にせずにゴンスケの所までくると、姉に魔法を解除してもらい姿を見せた。

　すると、

「ぎゃっ?!　ぐぅるるる!!」

「唸ってる場合か!!　逃げるぞ!!」

「ぎゃうっ!!」

　ぷいっとゴンスケはそっぽを向く。

「なに怒ってるんだよ?!」

「ぎゃうるる!!」

「ゴンスケっ!!」

　ちらっと、ゴンスケは俺の抱えるお嬢様二人を見ると、渋々といったふうに尻尾を檻の形へ変形させる。

「ぎゃっ!」

　入れろ、ということなのだろうか?

　まぁ、これ以上機嫌損ねてもアレだしな。

　二人に檻へ入ってもらう、俺も入ろうとしたら檻が閉じられる。

代わりとばかりに、ゴンスケが頭を下ろしてくる。

「くぅるる」

と、今度は甘えた声だ。

乗れってか。

「いいか、あの二人を慎重に運べよ？」

俺はゴンスケの、首？　えっと、胴体に跨りながらそう言い含める。

また、そっぽを向く。

こいつ、女の子が嫌いなのか。なるほど。

母や祖母は大丈夫だったたし、幼児くらいの子も平気だったたから、きっと十代中頃の女の子が嫌いか、苦手なんだな。

「父さん！」

「よっし、ゴンスケ！　今日の夜はとっておきのおやつあげるからなぁ！」

父が魔法弾を刀で弾き、防ぎながらこちらへ走ってくる。

「ぎゃうっ！」

今度は機嫌いいし。

「よしよし、飛べ!!」

父の指示に従って、ゴンスケは外へ飛び出した。

父は、そのまま勢いよく跳んで檻の上へ着地した。

その一部始終を見ていた俺の目には、その背後、バラバラにされたマネキンのような真っ赤な人の部分が転がっているのが見えた。

その光景を作った父の姿も、赤黒い。

「…………」

こういう仕事、か。

やっぱり自分には無理だ。

改めて、俺はそう思った。

「そういや、ゴンスケまた大きくなったな。白さも増して、綺麗になったな」

凄惨な光景を忘れようと、俺はゴンスケへそう言う。

すると、

「ぎゃうるるる♪」

かなり機嫌が良くなったのだった。

46

ニュースは連日大騒ぎだった。

何しろ、有名優良企業の一つだと言われていた、魔法杖メーカーの跡取りがテロリストに加担しており、さらに隣国の王族に危害を加えることが目的だったとわかったのだ。

現在、その企業を経営していた一族は国家反逆罪に問われている。

表向きには、当日その王族はホテルにおらず、さらにたまたま居合わせた過去の英雄によって人質は無事全員解放されていたことになり、この話を疑う人はいなかった。

嘘の中に本当を混ぜると信ぴょう性が増す、アレである。

ただ、その英雄は、表に出てくることを好まなかった。

人質救出に協力したと言われている、彼の家族についても情報操作がなされ、国としても便宜を図ったらしい。

一つ、問題があったとすれば、隣国の姫君と、王族からは外れたもののその血筋を受け継ぐ少女を檻に入れて雑に扱ったことだった。

「いや、その件は本当に申し訳ございませんでした」

国際間の話し合いをするから、当事者が来て両者に改めて今回のことを報告してくれと言われてしまったら断ることとなんて出来ないだろう。

ちなみに、ゴンスケはお留守番である。

あの鬼婆――じゃなかった。

あの、おっかない侍女さんとルリシア姫様、それと隠密護衛と呼ばれる黒装束の人達三人を前に、ルリシア姫様とアストリアさんの両者を檻に入れて救助した件について問われた俺は、父からも以前お褒めの言葉を賜った土下座を披露していた。

場所は、アストリアさんのお母さんの実家、つまりは俺が生まれた国を治める王様がいるお城、その一室だ。

たぶん、会議室。

というか、生きてたのか。良かった良かった。

やっぱり、途中で鬼婆、じゃなかった、侍女さんとルリシア姫様ははぐれていたらしい。

その過程で、ルリシアお姫様を護衛していた隠密護衛さん達は命を落としたのだとか。

今この場にいる隠密護衛さん達は、新しく呼んだ人達らしい。

人質は全員助かったけれど、陰で働いていた人達は犠牲になったのだという。

事務的に淡々と告げられたそれは、きっと業務連絡のようなものなのだろう。

「あのウルクの倅というから、どんな者かと思ったが」

俺のおデコは、今現在、この会議室の床と濃密なキッスをしている最中なので、王様がどんな顔でそんなことを言ったのかわからない。

ちなみに王様は、マッチョメンの爺さんだ。

テレビで見るよりも筋骨隆々(ムキムキマッチヨメン)である。

この国の王様なんて、テレビの中でしか見たことないのに、なんで俺こんな所にいるんだろ、ほんと。

やっぱり、処刑されんのかな？

あー、今期の深夜アニメまだ一話しか観てないのに。

ずっと追いかけてるラノベもあと一巻で完結だったのになぁ。

死にたくないなぁ。

夏には、特撮の映画もあるし。

今年はお金もあるし、舞台挨拶も見に行けるかなって思ったんだけどなぁ。

姉に埋められる前に、公的に死ぬのか。

「あのー、もしもし？　ウルクの倅さん？」

王様の戸惑ったような声が聞こえた気がしたが、正直死ぬならどうでも良かった。

…………旅行、行きたかったなぁ。

縛り首も、火あぶりもやだなぁ。

斬首も勘弁してほしい。

電気椅子も嫌だ。

うぅ、死にたくないなぁ。

「え、寝てる？　これ、もしかして寝てる⁇」

罪状を読み上げられて、終わったからか、俺の反応が無いせいで、王様は戸惑いの声を漏らした。

「あ、あの、テツさん？　テツさん⁇」

ルリシアお姫様の声も聞こえたが、うーん、顔上げていいのかなぁ？

と、こちらへ近づく足音に気づく。

「テツ君、そんな怯えなくていいから顔上げて」

そんな優しい声は、アストリアさんのお母さんだった。

「誰も怒ってないから。お話を聞こうとテツ君を呼んだのはこっちだから、ね？

ほら、美味しいお菓子とお茶も用意したから、食べながらお話聞かせてほしいな。

テツ君のお父さんからは別室でお話を聞いてるから、帰る時は一緒だからね？」

「は、はい」

父さんも呼ばれてたのか。

というか、別部屋で話聞かれてんのか。

「お姉さんにも、後日お話聞くしね。

とりあえず、あの日、テツ君に何があったのか教えてほしいの」

優しく諭され、席へ案内される。

促されるまま、席に座ると、湯気のたつお茶が出された。

そして、俺は質問されるがまま答えていく。

時折、ルリシア姫様へ確認をし補足が加えられながら話は進んでいく。

あのエロい格好をしたお姉さんに絡まれた動画も観せたりして、話は進み。

そして、

「ウルク殿から、倅――テツ殿が関わってることは公にしないでほしい、と言われている。

しかし、この国と隣国ウェルストヘイムは数度、救われたことになる。

必要以上の情報は流さない、個人情報も守ると約束する。だが今回の件に関して人質を無傷で救出したこと、さらに孫娘と隣国の姫君の命を救ったことに対して褒美を与えた、ということは公式発表することを許してほしい。

そうでないと、国民へ示しがつかないのだ」

これ断ったら、あの筋肉が牙を剝くのかな？

それは、嫌だな。

いや、痛くはないだろうけど、なんか嫌だな。

「わ、わかりました」

褒美の内容、ってそういえば何だろ？
ルリシア姫様からは勲章と感謝状と、あと父の就職活動に関することだったし。
とりあえず、まぁこれで、この騒動は終わったってことでいいのかなぁ。
処刑は無いみたいだし、早く帰って期末テストの勉強しないと。
中間受けれなかったしなぁ。頑張らねば。

47

期末テスト二日前。
世間では休日だ。
「それは、ご苦労だったねぇ。観てたよ、動画。
似てるなぁとは思ってたけど、ホントにテツ君だったとはね」
最寄りのバス停からほど近い場所にある、喫茶店【綺羅星】。
この喫茶店は、喫茶店というわりに、料理のメニューが多い。
父の行きつけの店でもあり、昔から家族で外食する時はたいていここになる。
喫茶店の店長（マスター）は、二十代前後くらいの男性だ。

黒い髪に黒い瞳、象牙色の肌をした人間種族だ。

ただ、俺が子供の頃からこの店はあるので、本当は何歳なのか不明だ。

「ジルさんが、すごく面白がってたよ」

マスターは言いながら、店の入り口を見た。

今は閉ざされていて、外の様子は見えない。

ジルさん、というのはこの喫茶店の従業員で吸血鬼族のお兄さんだ。

外見は、白銀の髪にこちらも二十歳半ばくらいの青年さんだ。

いま、外ではそのジルさんが体が大きくて店の中に入れないゴンスケの相手をしてくれている。

俺が今日ここに来たのは、テスト勉強のためだ。

ほどよく静かで落ち着いた雰囲気であり、お昼前のこの時間は勉強するのに丁度いい。

カウンター席にほど近いボックス席に陣取って、教科書やら問題集やらを広げていた俺に、マスターは俺の好きな、そして俺が注文したアイスココアフロートを出しながら話しかけてきた。

なんでも、今日は給料日前でそんなにお客さんはいないらしい。

俺も休憩がてら、マスターについついこの前の騒動について話してしまった。

…………そういえば、話して良かったのかな？

まぁ、マスターは言いふらすことはないからいっか。

そもそも、陰で人質を助ける手伝いをしたことしか言ってない。

詮索もしてこなかった。

それでも、自分がやはり話を聞いてほしかったのかもしれない。

「で、で、王様からの褒美ってなんだったの?」

マスターは、騒動の顚末については聞いてこなかったが、そっちの方は興味津々だ。

「騎士の位? と、三年間分の単位と、高校卒業後の、進路によりけりですけど、進む場所に対しての紹介状、あとまぁそれなりのお金と、すごく立派な剣を貰いました」

「おお、じゃあ勉強しなくていいじゃん!」

「いやぁ、さすがにそうは行かないですよ」

「うんうん、偉い偉い。テツ君は偉いなぁ。

あ、そういえば、いつも食材ありがとう」

「?」

「ほら、どうしても買えない材料をギルドに依頼出して納品してもらってたんだけど、そこそこいいお金提示してんのに受ける人少なくて、そこにテツ君が納品してくれるようになったからさ」

そう言いながら、マスターは一旦厨房の奥へ引っ込んで、またすぐに戻ってきた。

その手には、皿に乗った丸いパン。

「そんなわけで、はい、これサービス。

特別に今日はお代わり自由だから。

善い行いをしたからには、報われないとね。

食べたくなったら、他のパンも出すから言ってね」

「ありがとうございます！」

一緒に牛乳も置いていく。

マスターは他の席へ注文を受けに行く。

このパンはここでしか食べれない上、賄い用のやつだ。

俺は、出されたパンにかぶりついた。

中身は真っ黒だった。

マスター曰く、アンパンというらしい。

この店の従業員の一人であり、かつて姉がここでバイトをしていた時に先輩だった女性の好物だ。

賄い用なので、絶対店先には出ない。

「あーー!!　タカラの弟君だ!!　俺のこと覚えてる?」

厨房の奥から、そんな声を出しつつ出てきたのは、ジルさんと同じ色合い――白銀の髪に紅い瞳の女性だった。

歳は姉と同じか、少し若い、つまりは俺と同じくらい。

ジルさんとどことなく容姿は似ているが、血は繋がっておらず、こちらも人間種族だ。

そして、俺と同じで魔法が一切使えない。

「もちろん、覚えてますよ。というか、リオさんの方が俺を忘れたんじゃないかって思ってました」

「忘れるわけないだろ！　相変わらずおもしろいな弟君は」

カカカ、と豪快に笑ってリオさんはマスターを見た。

「おかえりなさい、リオちゃん。

頼んでおいたものは買えた？」

優しく、マスターがリオさんに聞く。

「それが、どこも売り切れでした」

「また？」

「ええ、また、です。

あ！　それよりも、表にいるドラゴン撫でてきていいですか!?

俺、あんなに人懐っこいドラゴン初めて見ましたよ！」

仕事しろ、とツッコミを入れるべきだろうか？

「あー、あれねテツ君が飼ってる子だから、飼い主の許可得てね」

ここ、一応飲食店なんだよなぁ。

まぁ、気にする人もいないからいいのか。

48

「で、タカラは元気？」

ゴンスケと、戯れて満足したリオさんは戻ってくるなりそう聞いてきた。

「元気ですよ」

夏休みに帰ってきたら、俺、埋められるかもですけど。

「そっか、んで、あのドラゴンどったの？」

「拾ったんです」

「ドラゴンって落ちてるんだな」

「どちらかというと、捨てられていたというか」

「マスター！　この店でもドラゴン飼いましょうよ!!　お店の看板ドラゴンとして!!」

「あはは、レアドロだねぇ」

リオさんの提案をマスターは笑って流す。

俺はリオさんに尋ねる。

「リオさん、普通に触れました？」

「うん？」

「いや、ゴンスケの奴リオさん前後の年頃の女の子あまり好きじゃないっぽくて。知り合いの子達には結構唸ったりするんですよ」

「いんや、別に？」

と、今度はマスターが聞く。

「ジルさんとはどうだった？」

「普通に懐いてましたよ。っていうか、あの人（ジルさん）、勝手に変身魔法？　っぽいの教えてたけどいいのか？」

マスターから俺に視線を移しながら、リオさんはそう教えてくれた。

おお、そりゃ願ったり叶ったりだ。

「わ、マジですか！　そりゃ、ありがたいです」

あとで、ちょっと様子見に行こう。

決してテスト勉強の現実逃避じゃないぞ。

＊　＊　＊

「いやぁ、他人の家の子は育つのが早いねぇ」

「…………」

夜、閉店間際に姿を見せたテツの父親であるウルクに、マスターはビールとツマミを出す。

「マスター」

「ん？」

「俺、ちゃんと親やれてます？」

言って、ウルクはビールをあおった。

「おや、珍しい。もしかしなくても弱音？」

「弱音です。マスターにしか吐けませんもん」

「よっぽど、応えたんだねぇ。

そんなに、汚い仕事だった？」

「いいえ。いつも通りですよ。学生の頃となにも変わらない。

だからこそ、ちょっと吐き出したいんです」

「吐き出すついでに、血の提供でもしていく？」

冗談混じりのマスターの言葉に、ウルクは苦笑で断る。

吸血鬼である、ジルへの血の提供だ。

「それは、遠慮しておきます」

マスターも別に本気では無かったようだ。

ウルクの返答に、笑う。

そして、ついでとばかりに続ける。

「あぁ、そうだ就職おめでとう」

「ありがとうございます」

「それで興信所の仕事の方は、なんとかなりそう？」

「えぇ、紹介してくれて、本当に、ありがとうございました」

「いいよいいよ。

でも良かったの？　近衛騎士の口もあったんでしょ？」

「あはは、マスターの情報網には適わないなぁ。

ええ、そうですね。でも、無理ですよ。俺には」

「それは、君がテツ君を救ったから？」

沈黙がおちる。

マスターは、ウルクの返しを待たずに店の出入口にかかっている看板を閉店のものと取り替える。

「…………外道になる覚悟は出来ていました。

だからこそ、道を外れました。あの時、俺は親としても外れたんだと思います。

だからこそ、いまだに考えるんです。

この選択が本当に良かったのか、正解だったのか、いまだにわからないから」

「正解がわかれば、もうちょい人生は楽なのかもしれないしねぇ。

でもこればっかりは、後にならないと、時間が経たないとわからない。

その時にならないと、誰にもわからない。

まぁ、これは俺の持論だけど。

正解なんてないよ。最善はあっても、正解はない。

でも、一つ言えるのは、君が親として外れたから、君の息子は小さなドラゴンの命を救うことができた。

そして大なり小なり、そうだなぁ、それこそこの前の騒動で救われた人達がいた、とも言えるし」

「マスター、この際だから聞いてもいいですか？」

「ん？」

「テツは、いつか、俺を恨むと、憎むと思いますか？」

「そうだなぁ、うーん、逆に聞くけど。

君は、自分の子供を救ったことを後悔してる？」

そんな雑談が続き、やがて吐き出して満足したのかウルクは帰って行った。

その背を見送って、マスターは店の片付けを始めたのだった。

49

期末テストも無事終わり、夏休みまで片手でカウント出来るようになったある日。

「は？」

「えっと、どうしてそんなことになったのか聞いてもいい？」

昼休み、何気なく俺が口にした話題にリーチとツカサが戸惑いつつ、そう聞き返してきた。

遡ること数日前。

テスト終了直後のことだ。

ネカフェは近くに無いため、昔のラブホを改装して作ったカラオケか、喫茶店【綺羅星】、もしくは地元の学生の溜まり場であるゲームセンターのいずれかでリフレッシュをしようとしたのだが、またアンパンとココアが飲みたくなり俺は【綺羅星】を訪れていた。

そこで、従業員のリオさんに言われたのだ。

「知り合いに弟君の話をしたら、俺もそうだけどそいつも飼うとか言い出してさ。んで、ちょっと遠出になるんだけどドラゴンを探しに行くことになったんだ。

で、弟君も夏休みなら一緒に行かないか聞いてくれって言われたんだけど、行く？」と。

いやいやいや、普通そういうの仲間内で行くものだろ、と思ったのでオブラートに包んで返答した。

「ま、普通はそうだよなぁ」

「すみません」

「いいよいいよ、謝らなくて。提案したあのバカがバカなだけだし」

すげぇ、言い草だな。なんかその人可哀想だ。

まぁ、そんな会話をしていたのだが、その日もゴンスケを連れて来ていた。

吸血鬼のジルさんに、変身魔法を教えてもらうためでもあり、一応事前にお店へ連絡もしていたため、俺が来店すると同時にジルさんは店の外に出てきてくれた。

あくまでお店が混むまでの空き時間を利用して、教えてくれている。

しかし、マスターには別の意図もあるようで。

「ほら、ジルさん、顔がいいでしょ？」

とは、マスターの言である。

つまりは客寄せ道化師ということらしい。

イケメン好きをホイホイさせるのだとか。

「月一しかやってないけど、レディースデイなんかは、もう、凄いよ」

そんな日を作ってあったのか。

「あー、凄いですよねぇ。俺、なんか勘違いしたジルさんの熱烈なファンの人に襲われましたもん」

笑って言うことじゃないだろ。

「でも、マスターが教えてくれた護身術のおかげで怪我も無かったし」

「リオちゃん、そういう時はちゃんと俺にも報告してね。警察にも行かないとだし」

「えー、俺、警察嫌いなんですよ。

すぐ動いてくれないし、なんか加害者守るようなことばっかりするし。偏見と差別酷いし」

「まぁ、お巡りさん達にも職務内容に縛りがあるからねぇ。

偏見と差別については、人間性の問題かなあ」

と、店の扉が開いた。

「いらっしゃいませー」

リオさんが仕事の顔つきになり、入ってきたそのお客さんの接客を始める。

それは十歳くらいのセーラー服を着た女の子だった。

雪のように真っ白い髪に、金色の瞳。

肌も白いが、鱗のようなものが見える。

亜人？　うーん、龍人族かな？　いや蜥蜴人族（リザードマン）？

でも可愛いなぁ。

あー、こんな妹がいたら良かったのになぁ。

素直そうだし。

と、その女の子の後ろからジルさんが現れた。

同時に女の子と俺の視線が合う。

瞬間、ぱあっと華が咲いたような笑みを浮かべてその女の子が俺に飛びついてきた。

そして、一言。

「ぎゃう！」

え。

俺はジルさんを見た。

ジルさんは微笑ましそうに、こちらを見ている。

「え？　え？」

俺は女の子とジルさんを交互に見て、やがて確信し、女の子へと声をかけた。

「ゴンスケ？　お前、ゴンスケか？」

「ぎゃう♪　ぎゃうぎゃう♪」

めっちゃ上機嫌だ。

と、さらにそこに来客があった。

「師匠！　頼まれてたもの持ってきましたよー！」

それは、俺と同い年か少し上くらいの、茶髪を乱雑に束ねた少女だった。

「お、ありがとう。
でも、頼んでおいてなんなんだけど、レイ、今度から従業員用出入口（裏口）から入ってきてくれるかな？」

マスターがそう軽く注意する。

「了解っす」

そう言いながら、その少女はビニール袋に入った食材のようなものを渡す。

と、こちらを見てきた。

俺、というよりは、抱きついたままのゴンスケを見て、茶髪の少女——レイは目を一瞬輝かせたように見えた。

【他人の金で食べる焼肉は至高の味】

夕方、燃えるような夕陽を背に俺とマサは自転車で、その店に向かっていた。

大衆焼肉【お気楽堂】は、地元の焼肉屋だ。

肉も美味いが、わかめスープも美味い。

米は我が家はじめ、近くの農家から卸している。

そのため、秋には最速で新米が食べられる。

ガラガラと昔ながらの磨りガラスが嵌め込まれた引戸を引いて、俺とマサは【お気楽堂】に入った。

昔ながらの店なので、テレビで見た都会の大衆焼肉屋のようなタッチパネルでの注文ではなく、呼び鈴を鳴らして店員を呼び出して、注文する形態である。

そろそろ設備を変えたほうがいいのではないかというほど、店内は客の賑わいとともに、まあ、初めてこの店に来た人ならまず間違いなく火事だと勘違いするほどに、煙たい。

焦げ臭い、いや、ある意味食欲をそそる匂いの濃霧と言えば想像しやすいだろうか。

煙で霞む向こうから、知った顔が現れた。

といっても、本当に顔だけ知っている、話したことはない中学の頃の同級生（だと思う、たぶん）が店員として営業スマイルを振りまきながら、俺達を空いている個室に通した。

俺達は、テーブルを挟んで向かい合わせに座る。

テーブルは焼き台と一体化していて、簡単に取り外しできる焼肉用の網がすっぽりと嵌まっていた。

「白米だろ、あとカルビに、上カルビに、軟骨、アカ、生野菜サラダと野菜の盛り合わせ、ウィンナー盛り合わせ、それぞれジャンボね。それと烏龍茶をペットボトルで一本と、あ、米は大盛り、いや、特盛で！」

常連というほどではないが、【綺羅星】のように昔からある店だ。

店員が、焼き台に火を入れるのを待ってから、呼び鈴等の説明は省いてもらい、すぐにマサはスラスラと暗唱するように注文した。

こういう客に慣れているのだろう店員バイト（たぶん、元同級生）は、流れるようにオーダーを受け、確認し、厨房へ通しに行く。

もともとこの店は、季節ごとに一部メニューが追加される以外には、ほとんど基本メニューは変わらない。

材料の調達の問題で休むことは時折あるが、まぁ、それもほとんど無い。

ちなみに、メニュー表だが奥の大広間ならテーブルに備えられているが、個室の場合は壁にベタベタとまるでポスターのように貼り付けられている。

それも、今どきパソコンで作成したものではなく手書きだ。


すぐにジャンボサイズ（二〜三人前）のウィンナー盛り合わせと野菜の盛り合わせと、生野菜サラダ、それと二リットルペットボトルの烏龍茶とグラスが二つが運ばれて来た。

ウィンナー盛り合わせの皿には、ケチャップとマヨネーズが別添えで付いている。生野菜サラダにはマヨネーズが同じように付いている。

鉄板のテーブルの部分、その脇には焼肉用のタレが甘口と辛口の二種類と、取り皿が備えられていて、俺達はそれぞれ皿を二枚ずつ取ると、それぞれの皿に甘口と辛口のタレを注ぐ。

「ウィンナーと、野菜は玉ねぎだな！　まず玉ねぎ！」

ハイテンションでマサがウィンナーと玉ねぎを網に載せる。

俺は俺で、

「いや、ここはナスだろ。あとピーマン」

黒と緑のそれを網に載せていく。

「トング使うのめんどいなぁ」

「それな」

ジュージューと、ウィンナーが焼けていく。

時折、ウィンナーの油で火が爆ぜた。

食中毒防止のために、昔は直箸だったのが焼く専用のトングがつくようになった。

直箸に慣れているだけに、使い分けは少々面倒に感じてしまう。


マサがトングで職人のような目をしながら、ウィンナーと玉ねぎを育てていく。

とりあえず、烏龍茶をグラスに入れて一つをマサの前に置いた。

それから、俺はサラダに手を伸ばす。

空いている取り皿をもう一つ手に取って、サラダを取ってちょっと多めにマヨネーズをつけて食べながら、ナスの成長を確認する。

よし、いいな。

マサのウィンナーと玉ねぎも焼きあがったようで、それぞれのトングで俺達はお互いの皿に、自分達が焼いたものを山盛りにする。

網が空いて、さて食べようとした時。

ラーメン用の器に文字通り山盛りにされた白米と、残りのカルビと上カルビ、アカと軟骨が届く。

「お、ラッキー丁度いい」

届いたそれらを俺達は、また網に載せていく。

ただし、白米は除く。

肉を育てつつ、先に焼きあがったウィンナーやら野菜やらをタレにジャブジャブとつけて、山盛りの白米についたタレを少しだけ吸わせてから。

「そんじゃ、ゴチになります」

と、マサが言って、ガツガツと食べ始めた。

それは俺もだったが、マサはウィンナーと野菜、そして白米をある程度まで食べてから、顔を上げて感動に打ち震えながら俺に言ってきた。

「ひゃっはー！　他人の金で食べる焼肉は最っ高の味だ!!」

「そりゃ、どーも」

そう、この焼肉は俺の奢りだ。

クエスト報酬で少しまとまったお金が手に入ったので、久しぶりに食べに来たのだ。

ゴンスケは留守番である。

今頃は、父が買った刺身でもポンと一緒に食べているに違いない。

「そういや、ほら、お前の彼女」

「？」

「この前、家に来てたあの子とはどこまで行ったんだ？　あの子だろ、動画とかで名前が出てたの」

「……少なくともお前が期待してるような関係じゃねーからな」

俺が言うと、マサは目はニマニマしつつ口はウィンナーやら野菜でモゴモゴさせながら、俺を見てきた。

そして、ゴクンと口の中のものを飲み込んで烏龍茶でさっぱりさせると、

「俺がお前と、未だ見ぬお前の未来の彼女に期待してるような関係？　なぁ、それってどんな関係？」

やはりニマニマ、ニヤニヤしながら言ってくる。

「知るか」

「仕方ないなぁ、教えてやろう」

「いや、別に聞かなくていいし」

「ふふふ、そりゃ決まってるだろ。こう、ホテルとかのベッドの上でアハンウフンするような関係だな」

「セクハラ発言やめろ」

なんだよ、アハンウフンって死語にもほどがあるだろ。

「なら、ギシギシあんあん、か?」

「だから、セクハラ発言だつってんだろ」

「そうそう知ってるか?　今ラブホも客を集めようと必死でさ、女子会プランがあるんだぞ」

「そうなん?」

そんな話、初めて聞く。

「そうなんだよ、女子会に限らず普通に飲み会プランもある。

ほら、テレビとか料理とか基本的な設備やらメニューは充実してるから、ルームサービスの質も高いんだよ。で、わいわいパーティーやりたい人向けにそういうサービスを展開してるんだと」

「……お前、なんでそんな詳しいんだよ?」

俺が尋ねると、マサはニマニマしながら言ってきた。

「え、なに?　妬いた?　俺に彼女が出来たかと思った?

彼女とホテル行って、ベッドの上でアハンウフン、ギシギシあんあんしたかと思った?　エッチなことしたかと思った?

先越されたかと思った?」

「クソうぜぇ。それと死語もやめろ」

肉の育ち具合を確認する。

もうちょいだな。

「レイチェル、あ、いとこの姉ちゃんな。姉ちゃんがそこでオフ会だか飲み会したとかで、この前遅めの入学祝いおばさんと持ってきた時に教えてくれたんだよ」

「仲悪いんじゃないのか？」

「話が合わないだけで、別に仲は普通だけど」

「そういうもんか」

「そういうもん、そういうもん」

肉が焼けたので、空にした皿に盛っていく。

今度はマサも自分の皿に、肉を山盛りにしていく。

マサは空になった焼き網を見ながら、

「次は豚トロ食いたいな、あとタンも」

そう呟いた。

「俺は軟骨と上カルビもう一皿。あとは、アカとシロもう一皿ずつ」

「んじゃあ、俺もまたアカとシロ食いたいからこれもジャンボな。

お茶は、まだいいな。

あ、焼き野菜ももう一皿頼もう」

「あとは、あ、おにぎり、タラコと梅と、お茶漬けとカルビクッパ」

俺は、特盛の白飯がいつの間にか三分の一になっていることに気づいて、ご飯ものを注文しようと決めた。

「スープは？」

マサに聞かれて、

「わかめスープ」

そう答える。

「んじゃ、俺は卵スープにしよ。あとで一口くれ」

「ん」

呼び鈴で店員を呼んで、追加注文する。

そうして注文した肉類が運ばれて来るまでに、美味しく在庫処理を行う。

「あ、サラダ無くなった」

マサが言った。

「じゃあ、肉が来たらそれも追加で頼もう」

呼び鈴を鳴らさなくても、肉を運んで来る時に店員も当然来るので丁度いい。

「だな、次なにサラダにするよ？」

「そうだなぁ、あ、自家製ポテトサラダ」

「いいな」

改めて思う。

【お気楽堂】も食べ放題プラン始めればいいのに。

いや、まぁ、かなり値段がリーズナブルだし店にも事情があるだろうけど。

次の注文が決まり、店員が追加注文分を持ってくるまでの間、肉と白米を堪能する。

「そういや、姉ちゃんと言えば。

お前の姉ちゃん、元気？

たしか、県外、いや国外だったか？　そっちの大学に行ったんだろ？」

「元気元気。この前の騒動の時は電話口で怒鳴られた」

「すげえよなぁ、お前の姉ちゃんたしか進学校でも成績トップで卒業して、大学も首席で入学したんだろ？

とても一緒にザリガニ釣って遊んでた奴とは思えない」

ザリガニどころか、田んぼに棲息する両掌を合わせたようなデカいサイズの食用ガエルを捕まえて、夏休みの自由研究で観察日記付けてたからなぁ。

夏休みが終わったら、そのカエルは田んぼにリリースされることなく唐揚げとなって祖父母の胃に収まっていたけど。

「お前よく舐めた口利いて蹴られてたよな」

思い出して、俺は笑った。

思い出し笑いだ。

俺とマサは小さい頃からよく一緒に遊んでいた。

マサの母親と、俺の母親が同じ職場で働いていたというのもあり、仲が良かったというのも大きい。

お互いの家を行き来するのも普通だった。

で、そこに姉はよくくっついてきた。

姉には同年代の友人も保育園や学校にはいたが、近所にはほとんどいなかった。

だから、よく俺と一緒に遊んでいた。

姉は小学校に入って自転車を与えられると、街の方の友達と遊ぶようになったけれど、やはりそこそこの距離があるので俺と一緒に近場にいるマサと遊ぶことの方が比較的多かった。

それに、当時はそんなに気にはしていなかったけれど、たぶん姉の好きなものや遊びが、女の子向けではなく男の子向けだったことも大きいのだろうと思う。

話が合わないわけではなかったのだろうが、これぱっかりは本人に確認しないとなんとも言えない。

「そーそー、テツの姉ちゃん容赦ねえんだもん」

マサは笑いながら言って、烏龍茶をごくごく飲んだ。

それから、

「でも、お前の行った高校にリーチがいたのは驚いたけどな」

はとこの話を始めた。

「カツアゲの話も聞いたぞ？」

マサは実に楽しそうだ。

カツアゲの話、というのは高校に入学してすぐの頃、リーチとツカサが巻き込まれていた話のことだ。

事件、といえば恐喝とかそういうのになるんだろうけど。

「助けたのが女の子だったらな～、出会いの切っかけになったんだろうけどなぁ」

「現実と妄想を混同するのやめろ」

「でも、お前（テツ）が助けたんだろ？」

「偶然だ、偶然」

本当に偶然だ。

放課後、別棟にある図書室を物色し本を借りた帰りに、俺はツカサがカツアゲされている現場を目撃した。

図書室は別棟の二階の端にあり、二階の図書室の前から渡り廊下の窓が開いていて、言い争う声が聞こえてきたのだ。

たまたまだろうけど、その時その廊下にも図書室にもほとんど人がいなかった。

喧嘩かなぁ、もしそうだったら職員室に駆け込もう、と思って開いていた窓から顔を出して下を見た。

すると、

「おら、ジャンプしてみろよ」

「持ってません、ほんとに持ってないんですって」

時代錯誤なカツアゲの現場を目撃したのだ。

ジャンプさせられそうになっていたのがツカサで、その現場を目撃して止めに入ったのがリーチだった。

俺はと言えば、時代錯誤すぎるカツアゲの現場を目撃したことに感動して、ついつい走って生徒玄関まで行き、そこに設置されていた自動販売機から缶の炭酸ジュースを買って、めっちゃシェイクしながら走って戻った。

そして、いまだに続いているカツアゲの場面を確認してから、これでもかとシェイクした缶を逆さにしてプルタブを開けた。

プロ野球等で優勝したあとにやるビールかけのノリで、感動をありがとうという意味で、ぶちまけた。

そう、偶然だ。

俺はただ感動をありがとう、ドラマのような世界は本当にあったんだという意味で、炭酸ジュースをカツアゲをしていた方とされていた方、両方にかけただけだ。

クリーニング代請求されたくないから、じゃなくて感動の余韻に浸りながら俺はその場を離れた。

でも数日でリーチにバレた。

クリーニング代は請求されなかったし、あとで知ったことだがカツアゲしていた連中は高校デビューではしゃいでいただけで、反省文と謹慎処分を受けたらしい。

気がデカくなってたんだろうなぁ。

俺も、カツアゲしてた生徒達も。

で、話を聞けばリーチはマサと親戚だとわかって、話が弾んで今にいたるわけである。

ついでにツカサとも親しくなった。

「偶然、ねえ」

またマサがニヤニヤと楽しそうに笑った。

「そ、偶然偶然」

「偶然で助けたのが、美少女達じゃなくパン屋の倅とフツメンの人間の同級生とはなぁ」

「まだ続けるか」

俺がツッコミを入れた時、追加注文した肉が届いた。

注文に間違いがないか確認する店員へ、さらにお気楽堂自家製ポテトサラダを注文する。

店員がオーダーを受けて、確認し、去っていくのを確認してから俺達は会話を再開した。

もちろん、今しがた届けられた肉を焼くのも忘れない。

「でもあれだろ、お前金髪美人を山で拾ったんだろ？」

「は？」

「うちの親が、お前ん家の婆ちゃんから聞いたんだけど。

お前、盗賊だか山賊だか強盗だか、なんかそういうやばい人達に襲われてた、めっちゃ美人な女の子助けたって聞いたぞ」


田舎の情報拡散、本当になんとかしてくれ。

あと婆ちゃんも、なんでもかんでも話すの本当にやめてくれ。

「助けた子とのラブロマンスとか始まってねーの？」

「始まってたまるか」

「んー、じゃあ真面目な話、彼女とか欲しくないんか？」

「……マサ、お前さ、知ってて言ってるだろ」

「ん？　なんの事だ？」

マサはとても楽しそうだ。

こいつは、俺がリオさんに片思いしてるの知ってるくせに。

あきらかにからかって楽しんでる。

「そういうお前はどうなんだよ？

彼女作らねーの？」

言い返すと、マサは遠い目をして焼かれつつある肉を見た。

「人体錬成は、犯罪だろ」

そういう意味の作るじゃない。

しかし、なんというかマサの目に哀愁が漂っている。

「振られたのか」

「振られたんじゃない、彼氏持ちだっただけだ。

あとその彼氏さんに、色々勘違いされて殴られそうになっただけだ」

それは傷害、いや暴行未遂というやつなのではないだろうか。

「逃げたけど」

逃げたのか。

「うん、あの時はお前の姉ちゃんの蹴りを受けてて良かったと、本当に心の底から感謝したぞ。

ものすっごくパンチが遅かったし、俺の逃げ足は天下一品だと自覚した。

ほんとお前の姉ちゃんには感謝してる」

微妙に嫌な感謝だ。

陸上部にでも入れよ、歓迎されるぞきっと。

「なにしろ、彼氏さん大学生だったからなぁ」

「大学生が高校生に手を出したのか」

「そう、女子の方は同じ学校の子だったんだけどさ。びっくりだよな。彼氏さん院生だったし」

「マジか。何歳差だよ」

「博士課程で、何歳っつったかな？

でも二十五は超えてた気がする」

「……犯罪じゃね？」

「障害があればあるほど燃えるんだろ」

「そういうもんか」

「そういうもんなんだろ、恋ってのは。

ほら、障害があればあるほどこれが真実の愛だー、真実の愛をつらぬくんだーとか言うじゃん、ドラマだと」

「それはドラマだからだろ」

だいたい真実の愛だとかをテーマにするやつに限って、それ不倫じゃん、とか、略奪愛だろ、とかツッコミ所満載なのが多かったりする。

もちろん、所詮作り話なのでそれら含めて楽しんで観るけど。

「まあ、俺の話はいいんだよ。それで、助けた金髪美人さんはどこの誰さんだったん？」

そんなマサの質問に、

「さあな」

俺はすっとぼけた。

そこまで詳しいことが広まっていないなら、わざわざ言うことでもないし、ルリシア様も未遂とはいえ性的暴行を受けたなどと拡散されたくないはずだ。

ましてや、彼女はお姫様だ。醜聞にもかなり気を遣っているようだし。

「なんも聞いてないのか？　お礼とかは？」

「お礼目的で助けたわけじゃないし」

ガチで成り行きだった。それにアレはもしお礼を貰うなら俺ではなく父が妥当だろう。

「ヒュー、かぁっこいいー!!

惚れていい？」

「なら、この肉全部俺のな」

俺がマサの分も肉を取ろうとしたら防がれた。

「……あんた！　それは今月のっ!!」

そして、そんな茶番を仕かけられる。

「うっせえ！　俺が稼いだ金だ!!　文句は言わせねえ！」

俺もノッてみる。

「先月もそう言って、一番くじでスったじゃないのさ！」

「ははは、ラストワン賞さえ出れば元どころか何十倍にしてやるさ」

「あんた、まさか転売する気?!」

俺も応戦しつつ、そんなやり取りをくり返す。

しばしの、我ながらくっそくだらない攻防の末、普通に美味しい肉をモサモサと食べ終えて、ご飯物の料理もスープも平らげてデザートに移った。


マサが頼んだ卵スープを俺も一口貰った。優しい味わいでこちらもやはり美味しかった。

「甘いものどーする？」

俺はマサに聞いた。

マサは壁に貼り付けられた、デザートメニューの項目を見ながら悩んでいる。

「うーん、どうすっかなぁ」

食べる食べないではなく、どれにするかでもちろん悩んでいる。

「テツは決まったか？」

「チョコパフェ」

ここ、お気楽堂のデザートメニューはアイスクリームがチョコとバニラ、イチゴの三種類、パフェはチョコパフェとフルーツパフェの二種類、シャーベットがレモンとメロンの二種類、あとは冷凍されたオレンジがある。

この中で一番人気なのは、冷凍オレンジだ。

しかし、俺はチョコが好きなので。

さらに言うなら、金ならあるので奮発してチョコパフェを頼むと最初から決めていた。

食べ終わって、腹に余裕があったらレモンシャーベットも頼む予定だ。

マサは悩んで、結局レモンシャーベットと冷凍オレンジの二つを注文した。

「即決かよ。あんたも好きねぇ」

一気に二つ頼む奴に言われたくない。

「そうなんだよ、好きなんだから、別にいいだろ」

こうして、焼肉屋での時間はあっという間にすぎていき、結局レモンシャーベットも追加で頼んで堪能した。

久々の焼肉は、とても美味しかった。

チョコパフェも、美味かった。

また、来よう。

「そういや、これ、どうする?」

マサが聞いてくる。その手には、半分ほど中身の入った烏龍茶の二リットルのペットボトル。

【お気楽堂】では、他の料理の持ち帰りはできないがこのお茶のペットボトルだけは持ち帰り可能なのだ。

「俺は要らないから、お前持って帰れば」

「お、マジかサンキュー」

外に出て、店の出入口のすぐ脇にある駐輪場に停めておいた自転車をそれぞれ引っ張り出す。

当たり前だが、とっくに日は落ちていた。

入れ替わるように空には満月と星が出ていた。

そして、これだけなら綺麗な風景だ。

しかし、街中といえどここは田舎である。

家の隣りが田んぼというのもザラなわけで。

ゲロゲロゲロゲロ、グワッグワッグワッ!

と公害並のカエルの大合唱をBGMに、俺達は帰路についたのだった。

あとがき

はじめまして、アッサムてーと申します。

登録している【小説家になろう】では、また別の名前を使っています。気になる人は探してみてください。


さて、人生初のあとがき。

そもそも、人生初の書籍化作品です。

それも新時代、令和元年に本を出すことが出来ました。

令和元年、執筆業創業と書くとあら不思議、まるで老舗ブランドのよう。そうでもないですかね？

　さてさて、こうして手に取って頂いて、ここを読まれているのは購入頂いた後でしょうか？　それとも、前でしょうか？

後者だった場合、お願いがあります、すぐにレジに並ぶのです。

お願いします。

という、あからさまなお願いをしつつ、あとがきを書いていこうと思います。


まずは、この本の制作刊行にあたり、読んでくださった皆様、ご尽力くださった皆様、本当にありがとうございました。

この作品は元々、描写などの文章練習として最初は投稿サイト【小説家になろう】様に四話ほど投稿し、一度完結設定にしていたものでした。

その後、少しずつ書き溜めていた続きを時間を置いてまた再投稿し始めたところ、様々な方に読んで頂き、こうして出版社の方の目に留まり本という形になりました。

いわゆる【なろうユーザー】の方々の目に留まり、読んで頂け、受け入れられたところからこの作品はスタートしたのです。

知っている方は知っているでしょうが、投稿サイトに投稿して読まれる、読んでもらえるというのは簡単に見えて中々難しいことだからです。

本当に、この作品を見つけて頂き、そして読んで頂きありがとうございます。

そうして受け入れてもらい、閲覧数が伸びたお陰でこうして出版社の編集者様との縁も出来、無事に世の中に作品を出すことが出来ました。

何事も繋がっているんだなぁ、と実感しております。

さて、そうして出来た縁により、この本の出版までに多大なご迷惑とご苦労と、そしてご尽力くださった担当編集者様、校正担当者様、イラスト担当のとぴあ様、本当にありがとうございました。


それと、この話が来た時相談に乗ってくれた友人には、

「行け、乗れ！　乗っちまえ！　このビッグウェーブに!!」

伝えてすぐそう言われました。

今年のことなのに、もう懐かしいです。

今度、この友人には焼肉を奢る予定です。


イラスト担当のとぴあ様には、とても可愛らしいイラストでキャラクターを描いて頂きました。

自分の考えた、でも、文字情報だけだったキャラクターに絵がついた時、そしてそれがとても生き生きとして見えた時、なんとも言えない不思議な感覚を味わいました。

あぁ、こいつらこんな顔してたんだ、と。


ここからは少し、暴露話になります。

正直なことを言うと、最初にこのお話を頂いたときの率直な感想が、

「やべぇ！　都市伝説に足生えて家までやってきた！」

という意味不明なものでした。

それくらい、書籍化の打診というものは自分にとって別世界の話であり、ショッキングな出来事だったのです。

まぁ、夢見ていなかったわけではないです。

でも、あのサイト内のランキングに並ぶ作品の数々、そこに並ばないとまずそんな話はこない。そんな世界です。

いいなぁと思いながらランキング作品を漁り、書店に行って書籍化作品を漁り、手にし、読んで楽しんでいました。

だからこそ夢だと思いました。

なので、このお話をもらった直後、作者アッサムてーは奇行に走りました。

まず、そのお話を頂いた時はまだ一月でした。

自室にいて、部屋の窓の外では雪が舞っていました。ついでに夕方だったので、すでに暗かったです。

自分はその窓を開けました。

全開にしました。幸い家族は帰宅していなかったので怒られることはありませんでした。

そして、寒くてすぐ閉めました。

慣れ親しんだ雪国の寒さに、このお話が夢ではないと実感しました。

たぶん、寒くなかったら裸足で外に出ていた自信があります。

歌にあるように、犬のように庭を駆け回っていたことでしょう。間違いなく事案で、パトカーを呼ばれていたに違いありません。

よかった、現実で。そしてよかった、裸足で庭を駆け回らなくて。


自分のことばかりではアレなので、本作の紹介をします。

いろいろあって体が頑丈な男の子が、コンビニのビニール袋に入れられ捨てられていたドラゴンの子供を拾う話です。

最初、ハイ・ファンタジーかロー・ファンタジーか悩みました。

現代日本のような海外のような場所で繰り広げられる、魔法も科学もある世界観のお話です。

ネット掲示板もあります。

そんな世界観のため、かなりニッチというかマイナーな扱いをされるだろうお話です。

そこに作者が今まで読んだり、観たり、書いたりしてきた数々の作品を下地にしてこの作品は生まれました。

ただの作者の吐瀉物じゃねーか、というツッコミが入りそうですね。

王道なネタもあれば、ニッチなネタも、マイナーなネタも闇鍋のように突っ込んでいる、そんなカオスなお話です。

だからあながち吐瀉物で間違ってはいないのでしょう。


でも、ただの吐瀉物でこの作品が終わらず、こうして紙の本という形に出来たのもまた事実であり現実です。

だからこそ、ありがとうございました。

この奇跡を、起こしてくれて。

『作品は自分一人じゃなくて、みんなでつくるもの』

自分が大好きな作品の作者様の言葉を嚙み締めています。

ああ、こういうことだったのかと。


それでは最後に、Ｗｅｂ版も書籍版も、書いている間、この人生初の仕事をしている間、自分はとても楽しめました。

いろいろ大変で、ご迷惑かけてばかりではあったけれど、こんなに楽しく仕事が出来るなんて初めてでとても充実した時間を過ごせました。

この本を手に取って頂いた方が少しでも笑ってくれることを、楽しんでくれることを祈りつつ、
このあとがきを終わろうと思います。

【追記】

カバー袖の著者コメントを書いている、過去の自分へ。

ただいま、資源ゼロの執行人イベに参加中。

彼はまだ来ていない。

繰り返す、彼はまだ来ていない。

そして、この本が出版され書店に並んで、たぶんそれを確認しに行っているだろう未来の自分へ。

彼は来たか？

資源溶かしただろ、今の自分が溶かしている最中だからな。

ついでに、ガソリン代じゃなくて弁当代を溶かしたぞ。

これで、痩せられるよな？（黒笑）

アッサムてー

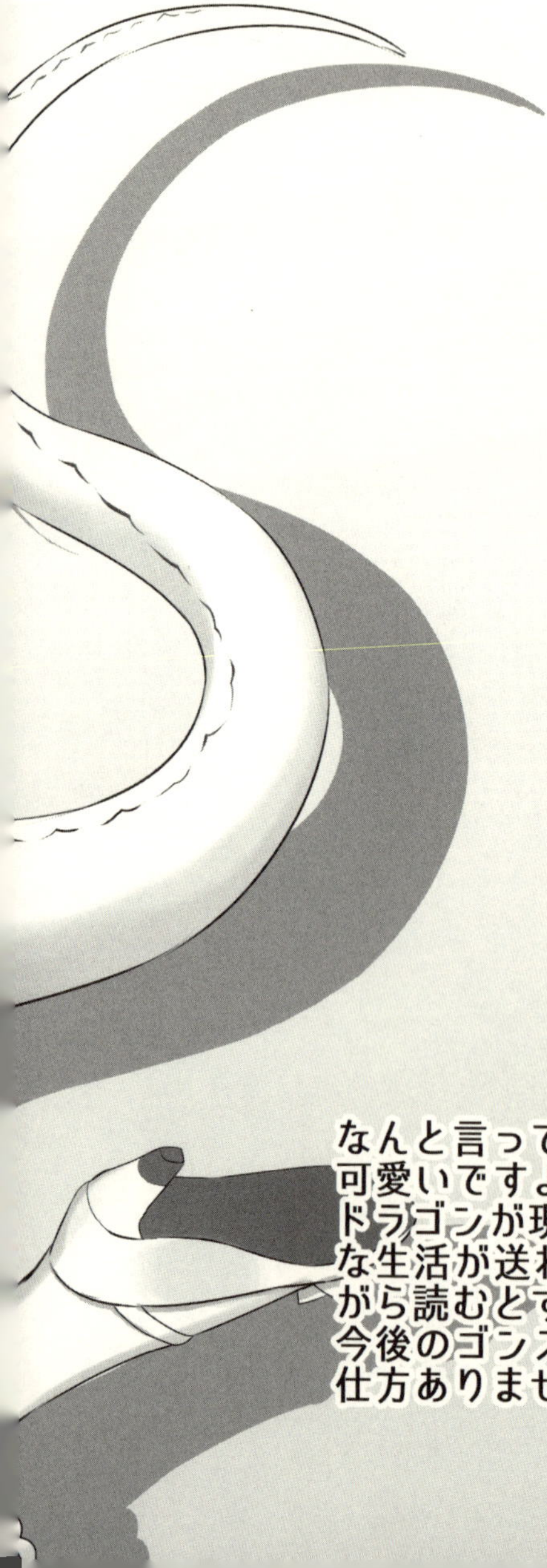

なんと言ってもゴンスケが本当に
可愛いですよね！
ドラゴンが現実に居たらこんな風
な生活が送れるのかなと想像しな
がら読むとすごく楽しいです
今後のゴンスケの成長が楽しみで
仕方ありません…！

とぴあ

あなたの"好き"が
ここにある!
大好評
開催中!!
大賞は、書籍化&
オーディオドラマ化!!
さらに、賞金
100万円!
ターノベル
大賞
応募期間:2019年7月31日(水)まで

アニメ
10月放送
スタート!!
私、能力は平均値でって言ったよね！
FUNA

EARTH STAR NOVEL

【急募】捨てられてたドラゴン拾った【飼い方】 1

発行 ―――― 2019年7月16日　初版第1刷発行

著者 ―――― アッサムてー

イラストレーター ―――― とぴあ

装丁デザイン ―――― 山上陽一＋藤井敬子（ARTEN）

発行者 ―――― 幕内和博

編集 ―――― 大友摩希子

発行所 ―――― 株式会社 アース・スター エンターテイメント
〒141-0021　東京都品川区上大崎3-1-1
目黒セントラルスクエア　5F
TEL：03-5561-7630
FAX：03-5561-7632
https://www.es-novel.jp/

印刷・製本 ―――― 図書印刷株式会社

ISBN 978-4-8030-1315-3

【ゴンスケと猫集会】

三毛猫が道路の脇を悠々自適に、トコトコと歩いていた。

「あ、にゃんこだー！」

「ほんとだー！」

「頭に蛇の赤ちゃん乗っけてるー！」

「かわいいー！」

「なかよしさんなんだねー」

三毛猫の飼われている家、というか集落からほど近い、田んぼを何枚も挟んだ向こう側にある別の集落。

その別の集落にある、それこそ三毛猫の飼われている家の子供も通っていた保育園の園児たちの甲高い声が響き渡った。

毎年恒例の、近所の農家への見学だろう。

目的は、畑に実る野菜、ではなく食用に飼われ育てられている牛や豚、鶏だ。

食育のための見学ではなく、どちらかと言うと動物園に行くのに近いそれ。

三毛猫は園児たちの声を気にすることなく、蛇の赤ちゃんことドラゴンの雛であるゴンスケを頭に乗せてトコトコと歩いていく。

その頭の上で、ゴンスケは、その光景を尻尾をふりながら、園児たちと同じように好奇心満載に眺めていた。

園児たちがぞろぞろと担当の保育士に引率されながら、それでもこちらをチラチラ見ながら、

ポンが顔を洗いながら言う。

「じゃあ、ポン大先生から離れるんじゃないよ、ゴンスケ」

クマは重箱座りをすると、くああ～、と欠伸をしながらゴンスケにレクチャーする。

なんでも野良猫の中には気性が荒い猫が多く、集会の時は喧嘩などはご法度であるにも拘わらずちょっかいを掛けてくる猫もそれなりにいるらしい。

「あいっ！」

尻尾をピンっ、と立ててゴンスケが返事をする。

「それに、最近は厄介なよそ者が流れてきたからね」

クマの発言に、

「なんだい、それ？」

ポンが体を伸ばしながら、訊ねた時。

少し離れた場所で雑談に興じていた猫たちが、一斉に威嚇をはじめた。

キシャー!! シャ――!!

と一点を見つめ、毛を逆立てて威嚇をしている。

「騒がしいねぇ」

ポンがのんびりと言った時。

「アーオ！ マーオ！ ナァオ!! キシャー!!」

そんな、重い響きをした威嚇の鳴き声が聴こえてきた。

それは、集会にきた猫たちのものではなかった。

この場に集った猫たちが距離を取りつつ威嚇している存在が、その毛玉達の群れを割るようにして姿を現した。

現れたのは、大型犬のような巨大な体をしたボサボサした灰色の毛並みの猫だった。

た。

「なんだぁ？　このチビ？」

灰色猫が見下した声を漏らす。

ただのトカゲか、それこそ蛇の赤ん坊だとでも思っているのかもしれない。

キラキラと好奇心旺盛に近づいてきたゴンスケを、灰色猫はつまらなそうに爪を立てたその手で薙ぎ払うように横殴りに殴った。

ゴンスケはそのまま吹っ飛ばされ、コロコロと砂利の上を転がった。

灰色猫はそんなゴンスケには目もくれず、またノッシノッシと歩き出す。

と、甲高い鳴き声が響き渡った。

きゃうるるるる!!

ゴンスケの鳴き声だった。

そして、次の瞬間、

「あんた、逃げな！」

事態をいち早く察したポンが灰色猫へ叫んだ。

しかし、時既に遅く。

灰色猫からは見えなかったが、ゴンスケにダメージは欠片もなく、むしろ好奇心を加速させてその金色の目を宝石のようにキラキラさせながら、口をぱっと開けた。

そして、火炎放射器もかくやという巨大な炎が、灰色猫を包んだ。

灰色猫が、その熱さに悲鳴をあげる。

のたうち回り、やがて火が消える頃にはすっかり動かなくなっていた。

ゴンスケは、トコトコと焦げて動かなくなった

結していた。

今日は人間風に言うなら、猫たちの定期集会の日だった。

と言っても、だいたいは議題なんぞは無い。ただ近況や、他所から流れてきたならず者のような、凶暴な猫の情報を交わし合うだけである。

「おや、馬鹿ポンじゃないかい。まだ生きてたんだねぇ」

そう憎まれ口を叩いてきたのは、首輪を付けた茶トラ猫のクマである。

首輪と名前があるので分かるだろうが、飼い猫だ。

「と、その頭に乗っけてるのはなんだい？」

「ウチの新入りだよ。ほらゴンスケ、ご挨拶しな」

人から見たら、ニャーニャー、にゃうにゃう、としか聴こえていないだろう、光景だ。

ポンはそう言うと、頭を垂れた。

当然だが、ゴンスケがポンの頭から転がり落ちて、茶トラ猫のクマの前に転がった。

「は、はじめまして！　ゴンスケです！」

やっぱり人から見たら、きゃうきゃうるる、としか聴こえていないだろう鳴き声で、ゴンスケはそんなことを言った。

言ったあと、家を出る前にポンから教えてもらった通りにペコりと頭を下げた。

「おおー、よく出来ました。偉い偉い」

ポンのような猫からすれば珍妙なペットは、やはり珍しい。

「今日は家に誰もいないからね。この子だけにしておくのもアレだから連れてきた」

「にゃんこー、ばいばーい！」

「ばいばーい」

などと言って、手を振ってくる。

三毛猫――ポンの頭の上で、器用にバランスを取りながらゴンスケは園児たちの方を振り返り、真似をして、尻尾をいつもより少し大きめに、手の形に変化させて振ってみた。

すると今度は、

「先生っ！　にゃんこから手が生えた！」

「よっしゃ、捕まえるぜ!!　変身できる猫は珍しいもん!!」

「先生！　あの猫、保育園で飼おうよ！」

と、騒ぎ出した。

列からはみ出てダッシュしてこようとする園児もいた。

しかし、ダッシュしようとした園児はエルフやオーガの保育士によって捕らえられ、列に戻される。

そして、つかの間の子供たちとの出会いの後、ゴンスケは尻尾の手を消してまた進行方向へ向き直った。

目指すは、田んぼの中にまるで島のように転々と存在する牛小屋、豚小屋のひとつ。

小屋のすぐ側には、軽トラなど車を停める為の空き地のように広々としたスペースがあった。

砂利が敷き詰められたその場所に、ポンとゴンスケはやってきた。

そこには、たくさんの毛玉がいた。

猫である。

この辺を縄張りにしている野良や飼い猫が大集

灰色猫に近づいてその体によじ登ると、誇らしげに、

「きゃうるる！」

と鳴いた。

その体の上でぴょんぴょん跳ねながら、

「ねね、おじさん、もういっかいいやろ！　もういっかい、もういっかい！　ね、いいでしょ？　もう一回で良いからさ」

と、アンコールを所望していた。

ほかの猫たちはポカンとその光景を見ているだけだった。

ポンが、ロケットのようにすっ飛んできて、ゴンスケの首根っこを甘嚙みして拘束すると、その場を去った。

その一連の光景を、少し遅れてきたボスがなにやら考えながら眺めていた。

ボスが数日後、ゴンスケが調子に乗らないように念の為上には上がいることを教えることになるが、それはまた別の話である。

そんなゴンスケは、帰り道でポンからお説教をくらっていた。

しかし、何がそんなにダメなのかよく分かっていなかったので、ポンの小言が終わると、

「それで、あのおじさんとは、今度はいつ遊べるの？」

そう無邪気に聞き返していた。

ポンの説教が長くなった。

《了》

鋭い目つきで、ギロリと猫たちを睨めつけながらノッシノッシと歩いてくる。

まるで、横暴な王様だった。

「もしかして、アレが厄介なよそ者かい？」

ポンがクマに訊ねる。

「そうだよ。野良の子が何匹かやられてる。それも子猫の被害が大きい。

刃向かった母親はいいように扱われるし」

クマはゴンスケに配慮したのか、性的な乱暴のことはあいまいな表現にとどめておいた。

「やれやれ、ボスはどこだい？」

この辺一体を縄張りにしている一番強いボス猫、通称ボスはまだこの集会にきていないようだった。

ポンはボスの不在を知ると、来たばかりだが帰ることを決めた。

ゴンスケに怪我をさせる訳にはいかないからだ。

あの他所から流れてきた灰色猫に目を付けられないうちに、はやく帰ろうとポンはゴンスケを呼んだ。

「ゴンスケ、ここは危ないからもう帰るよ」

しかし、ゴンスケの姿がなかった。

「あの子は言った傍からもう！」

ポンがキョロキョロと周囲を見る、するとクマが焦ったように、

「ちょっと、アレじゃないかい？」

灰色猫の方を見ながら、言った。

ポンもそちらを見る。

すると、尻尾を振りながら興味津々に灰色猫に近づいていくゴンスケの姿があった。

「言ってる傍からもうあの子は！」

もう一度同じことを言って、ポンが連れ戻そうと動く前に、巨大な灰色猫とゴンスケがかち合っ

【急募】
捨てられてたドラゴン拾った
【飼い方】
su te rare te
ta doragon
hiro xtu ta
Assamu Tee
アッサムてー
Illustration とぴあ
1
初回版限定
封入
購入者特典
特別書き下ろし。
【ゴンスケと猫集会】
※『【急募】捨てられてたドラゴン拾った【飼い方】1』を
お読みになったあとにご覧ください。
EARTH STAR
NOVEL